CUENTOS DEL AÑO MIL

TUS LIBROS
CUENTOS Y LEYENDAS

Título original:
Contes et légendes de l'An Mil

Juan Ignacio Luca de Tena, 15. 28027 Madrid
www.anayainfantilyjuvenil.com
e-mail: anayainfantilyjuvenil@anaya.es

Diseño: Gerardo Domínguez

Primera edición, noviembre 2002

ISBN: 84-667-1415-4
Depósito legal: Na. 2.594/2001
Impreso en RODESA
(Rotativas de Estella S. A.)
Impreso en España - Printed in Spain

CUENTOS DEL AÑO 1000

Claude Cénac

Traducción:
María Durante

Ilustración:
Fernando Rubio

ANAYA

A mis nietas Anne, Chloé y Sarah

Contenido

I

El terror del brujo blanco

Érase una vez un brujo bueno llamado Gisbert. Practicaba la magia blanca y no la magia negra que, como todos sabemos, es mala.

Gisbert sabía mejor que nadie preparar distintos remedios (hechos, entre otras cosas, de plantas silvestres, grasas, veneno de serpiente y telarañas) para curar enfermedades, reducir[1] lesiones, arrancar dientes y calmar la tos.

Ese era precisamente el motivo por el que estaba aquella noche en la choza de Martín, un mísero campesino.

Había esperado a que oscureciera para acercarse sigilosamente hasta allí; porque, a pesar de ser viejo y de no hacer más que el bien a la gente, el pobre de Gisbert corría el peligro de acabar en la hoguera. En aquella época, estaba de moda pasar por la parrilla a brujos y brujas.

Gisbert no se encontró con nadie, ni en el bosque ni por los caminos. Se acercaba el año 1000 y la gente temía el fin del mundo y vivía aterrorizada. Las personas con medios se habían refugiado en los monasterios, donde se encomendaban a Dios de la mañana a la noche. Los demás,

[1] Restablecer en su situación natural los huesos dislocados.

los más pobres, se encerraban en casa en cuanto se ponía el sol.

Y encima hacía un tiempo de perros. Las lluvias torrenciales llevaban varias semanas anegando[2] los campos, por lo que seguramente la cosecha se echaría a perder. ¡Con la escasez que había de todo!

Aquella noche, en la choza de los Martín, mientras el viento entraba silbando por la rendija de la puerta y amenazaba con apagar el fuego sobre el que ardía una olla renegrida, Gisbert esperaba su ración de castañas, única recompensa por su trabajo. Había preparado una tisana calmante para los tres niños, que estaban acatarrados y tosían como perros.

Se habían bebido sin protestar un jarabe verdoso hecho con miel, hisopo, tomillo silvestre, romero y serpol[3], todo ello sazonado con las palabras mágicas cuyo secreto solo conocía Gisbert.

¿Qué se podía hacer de noche en una choza tan mísera que no tenía ni chimenea, y donde el acre[4] humo, antes de salir por el agujero de la techumbre, hacía que los ojos escocieran? ¿De qué se podía hablar cuando se estaba convencido de que solo faltaban unos días para que el mundo se acabase?

—Pues yo no me lo creo —dijo Gisbert—. Si Dios es tan bondadoso como cuentan, si es tan

[2] Anegar: Inundar, cubrir el agua.

[3] Plantas aromáticas, utilizadas tradicionalmente medicina, como el *hisopo*, y también como condimento, como el *romero* y el *tomillo;* el *serpol* es muy parecido a este último.

[4] Áspero y picante al gusto y al olfato.

justo como se cree, ¿por qué iba a castigar del mismo modo a la gente de bien y a los malvados? Esos rumores que corren son mentira. Aterran a los pobres y llevan a los ricos a entregar sus bienes a la Iglesia, cosa que hacen con la esperanza de que les sean perdonados sus pecados.

—He oído decir —intervino Martín— que hasta nuestro amo se ha asustado. Está haciendo los preparativos para trasladarse a la ciudad más próxima con su esposa, sus seis hijos y tres carretas repletas de víveres.

Una vecina, llamada Margot, que estaba allí con su marido pasando la velada, añadió en voz baja inclinándose hacia el brujo:

—Dicen que la dama tiene hermosas joyas y que su intención es entregárselas al señor obispo para que rece por su salvación y por la de su esposo. También nuestros señores temen el infierno.

—¡Palabrerías! —dijo Gisbert—. ¿Qué iba a hacer el obispo con tantas riquezas si el Apocalipsis[5] llegara mañana? Sería pasto de las llamas del cielo y ya no necesitaría nada más. Creedme, sabe muy bien lo que se hace. Ya veréis como la mañana de Pascua el mundo sigue igual. Solo que el obispo será más rico y nuestro señor lo será un poco menos. ¿Y quién pagará el pato? Los pobres, claro está.

—¡Cállate! —le ordenó Martín—. Si alguien nos escuchara y fuese contando por ahí lo que se dice en mi casa, nos ahorcarían a todos.

Todos guardaron silencio. Ya no se oían más

[5] Fin del mundo. Último libro del Nuevo Testamento, que termina con la narración de la visión del Juicio Final.

que el gemido del viento, los borboteos de la olla y la tos de un niño, que en seguida se calmó.

El brujo prosiguió con voz triste:

—Se me parte el corazón cuando os veo en este estado. Decís que sois cristianos y dudáis de vuestro Dios. Porque si su hijo vino a la tierra, como cuentan los Evangelios[6], fue para ayudar a los pobres a soportar su condición, y no para exterminarlos bajo nubes de azufre y brasas ardientes. Yo que soy de otra época y tengo otras creencias..., yo que venero a los dioses primitivos..., yo a quien la gente tilda de pagano[7]...

Pero, de repente, se calló, seguramente por prudencia, y, frotándose las manos, preguntó con voz más serena:

—¿Están ya cocidas las castañas? Se hace tarde y querría volver a casa.

—Todavía les faltan un par de hervores.

Nuevamente el silencio reinó en la habitación o, mejor dicho, en el cuchitril[8] en el que sus moradores dormían sobre ramas de helecho, como los animales del bosque. Martina y su vecina, sentadas sobre unos tarugos, hilaban lana en sus ruecas[9]. Sus maridos, inmóviles, contemplaban el fuego. Los tres niños tenían tanta hambre que se oían los ruidos de sus tripas vacías.

La vecina se envalentonó y dijo:

[6] Cada uno de los textos que narran vida, la doctrina y la obra de Jesús, y que forman el primer libro del Nuevo Testamento (Evangelio significa literalmente «buena nueva»).

[7] Que adora a falsos dioses o ídolos.

[8] Pocilga. Habitación estrecha y desaseada.

[9] *Tarugo:* Asiento rústico de madera. *Rueca:* Instrumento para hilar, compuesto de una vara delgada con un rocadero (armazón en forma de piña) en la parte superior.

—Gisbert, dices que no eres cristiano y que no crees que se vaya a acabar el mundo. Pero hay señales…

—¿Señales de qué, mi pobre Margot?

—Señales de las desgracias que van a ocurrir, y que son inconfundibles. Seguro que sabes lo que se cuenta en las aldeas…

Por supuesto que Gisbert lo sabía. Siempre estaba enterado de todo. Pero hizo como si no supiera nada por si le decían algo nuevo.

—En los últimos tiempos casi no salgo. La gente no se atreve a llamarme.

—Pues para que te enteres —dijo Margot—, están ocurriendo cosas muy extrañas: en el pueblo nació un ternero con cinco patas. El cura vio a un niño con dos cabezas que desapareció dando un grito cuando lo roció con agua bendita. Por la noche, se oye hablar a los sapos...

—¡Por Dios! ¡No puede ser! —suspiró Martina.

—Es la pura verdad —aseguró Margot—. Y aún hay más…

Todas las cabezas se acercaron. Los ojos de los niños brillaban y se movían en la penumbra, de lo asustados y al mismo tiempo excitados que estaban. La hilandera siguió diciendo, sin apartarse de Gisbert:

—No me negarás que hay muchos más hombres lobo que de costumbre. Vienen a beber a la fuente y por la mañana se ven sus huellas…

—Serán huellas de lobos, o de perros que se escapan de las perreras.

Pero la vecina se había embalado:

—Bueno, pues olvidémonos de los hombres lobo. ¿Qué me dices de esos fulgores que atraviesan el cielo como soles rojos que se persiguen unos a otros? ¿Qué crees que anuncia la Cacería Volante, que no se veía desde hacía mucho tiempo? Trae desgracias terribles. ¿Y qué me dices de las lluvias de sangre?

De momento Gisbert no supo qué contestar. Era cierto que el fuerte viento del sur había traído una tormenta rojiza que lo había cubierto todo como con una especie de pasta, y esta, al secarse, parecía sangre en polvo. A pesar de lo mucho que se había esforzado por tratar de comprender aquel fenómeno, él no hallaba la menor explicación. Sin embargo, dijo:

—Eso no son más que historias…

—En las que todo el mundo cree.

—¡Pues yo no! —exclamó el brujo blanco.

Y como ya estaba cansado de tanta charla, dijo:

—Dadme mis castañas, que ya es hora de que me vaya.

—¿Pero cómo vas a marcharte tan tarde, con el tiempo que hace? Mira que si al final es verdad lo de los hombres lobo…

El brujo se encogió de hombros. Renunciaba a convencerles de que no corría ningún peligro. Le llenaron los bolsillos de castañas ardiendo. Martín fue a quitar la tranca[10] de la puerta y, cuando Gisbert se disponía a salir, le preguntó:

—¿No hay nada en el mundo que te dé miedo?

[10] Palo grueso con que se aseguran puertas y ventanas cerradas.

—Sí, la estupidez humana —contestó Gisbert.

Y se fue, liviano como una hoja seca, dando saltos de trecho en trecho para evitar los charcos y porque las castañas le quemaban la piel a través de los harapos. Más le habría valido comerse alguna antes de salir, pero, aunque tenía el estómago vacío, estaba desganado. Según caminaba se decía para sus adentros: «Se me han quitado las ganas de comer con tanta tontería».

Había llegado a la orilla del bosque y las tierras anegadas se extendían a su espalda en la profunda oscuridad. De repente una ráfaga de viento de insólita violencia lo tiró al suelo. Apenas se había incorporado cuando otra ráfaga volvió a la carga. Los Cuatro Elementos[11] estaban desatados.

El Aire, en forma de viento, se abalanzó sobre Gisbert haciéndolo rodar por la Tierra y por el Agua de las cunetas. El Fuego encendió una llamarada, y un rayo cayó tan cerca de él que sintió temblar el suelo.

Empapado, lleno de barro, incluso algo conmocionado, el brujo blanco cerró los ojos. A pesar del estruendo de la tormenta, y de las estampidas de los violentos relámpagos, oía el castañeteo de sus dientes. ¿De frío? ¿De miedo? No lo sabía.

Se agarró al tronco de un árbol y aguantó el temporal lo mejor que pudo; para tranquilizarse se decía que no era la primera tormenta que presenciaba en su vida. Sabía perfectamente que el

[11] Nombre dado en al antigüedad a la tierra, al aire, al agua y al fuego, considerados como las sustancias simples o principios de que está formado el universo físico.

mes de marzo era el mes de los aguaceros, y se repetía que todo aquello era NORMAL.

Normal y natural. Natural y normal.

Ni nuevo Diluvio[12], ni Apocalipsis, ni proximidad del Fin del Mundo. Año 1000 o no, todo acabaría volviendo a su ser. Era una tormenta y nada más.

Gisbert se avergonzó de ser tan cobarde. ¿Qué pensarían de él Martín y su familia, así como el vecino y la vecina, si lo viesen temblando de aquella manera?

Apretó los dientes y se incorporó.

De repente vio —o creyó ver— un fenómeno que lo dejó boquiabierto. En medio de un espantoso estrépito, en el que se mezclaban el chasquido de los cascos y los relinchos de unos caballos desbocados, los ladridos de varias jaurías de perros rabiosos, el restallar[13] de los látigos, un griterío inhumano y el son de los cuernos, vio pasar ¡LA CACERÍA VOLANTE!

Como todos los fantasmas, era transparente, pero, se veía todo perfectamente: la pechera de los caballos, sus hocicos, que echaban espuma, los colmillos de los feroces sabuesos, las armas de los cazadores, centelleantes como el rayo, sus rostros pálidos en los que brillaban unos ojos oscuros. Las nubes se abrían a su paso, dejando jirones grises enganchados en las puntas de las lanzas, en las espadas y en los chuzos[14].

A Gisbert se le pusieron los pelos de punta.

[12] El diluvio universal con que Dios castigó a los hombres en tiempo de Noé.
[13] Chasquear la honda o el látigo.
[14] Chuzo: Palo armado con un pincho de hierro usado a modo de lanza.

Perdió su habitual serenidad y se olvidó de que, hasta entonces, todo le había parecido NORMAL. Se olvidó de los dioses paganos[15] que adoraba en secreto. Se olvidó de que no creía en el fin del mundo, ni en el regreso de Cristo que volvería a la tierra para juzgar a los vivos y a los muertos.

Se hincó de rodillas y rogó con voz temblorosa:

—¡Jesucristo nuestro Señor, protégeme!

En aquel mismo instante la Cacería Volante desapareció. Se evaporó en medio de las nubes. El brujo blanco no oyó más que un lejano rumor y unos clamores que se fueron perdiendo en la distancia.

En cuanto se repuso un poco, echó a correr a toda velocidad; no hacia su cueva, en el lindero del bosque, sino hacia la choza de los Martín. Necesitaba sentir la compañía de otros seres humanos y poder contar lo que había visto: UNA SEÑAL..., ¡la peor de todas! ¡La temible Cacería Volante, que anunciaba grandes desgracias!

Estuvo un buen rato golpeando la puerta y gritando:

—¡Soy yo, Gisbert!

Finalmente, la puerta se entreabrió, dejando ver el rostro adormilado de Martín, que acababa de coger el primer sueño.

—¡Ay amigo mío, si supieras!

—¡No grites! —le susurró Martín—. Los niños duermen sin toser gracias a tu tisana. Y las dos mujeres se han quedado más tranquilas por-

[15] No cristianos.

que, después de irte, estuvimos dándole vueltas a tus palabras.

Y añadió muy digno:

—¡No creas que somos tan burros! Pero tenías razón de ponerte así con nosotros. Gracias a ti, Gisbert, nos hemos dado cuenta de que nos lo creemos todo. Ninguno de nosotros ha visto jamás con sus propios ojos ni al niño con dos cabezas, ni al ternero con cinco patas, ni ha oído hablar a los sapos. Son historias que nos hemos creído sin más.

—¿Y la Cacería Volante? —murmuró Gisbert.

—Igual que todo lo demás: ¡tonterías!

—Pero ¿y si el mundo se acabara?

—No se acabará. Y aunque así fuera, nosotros, los pobres, no corremos ningún riesgo. Esta vida es ya para nosotros el Infierno, así que seguro que iremos al Cielo.

Luego le preguntó:

—Pero, y tú, Gisbert, ¿qué es lo que quieres?

—Eh, yo, pues, nada, nada —contestó—. Cuando estaba a mitad de camino, me arrepentí de haber sido tan brusco con vosotros. Estaba tan molesto que decidí volver…

—¿Con lo que está cayendo? —lo interrumpió Martín asombrado y admirado—. Desde luego, no se puede negar: un brujo blanco no le tiene miedo a nada.

—¡A casi nada! —rectificó Gisbert bajando la mirada. Y se quedó a dormir junto a los niños, que habían dejado de toser.

II

El cuento de los higos

Érase una vez una pobre viuda que tenía tres hijos. Vivía con ellos en la última casa de un pueblo tan mísero que ningún camino conducía hasta él.

Tras la muerte de su esposo, un infeliz leñador que había perecido aplastado por un árbol, se había visto obligada a vender los cuatro muebles que tenía para poder dar de comer a sus hijos. No le quedaba más que un puchero en el que hervir la sopa, unos cuantos cuencos de madera de cerezo silvestre y un poco de sal en el fondo de un cacharro.

¡Ah, se me olvidaba! También tenía tres paños y tres cestos que había trenzado con sus propias manos. Y además una laya[1] con la que labraba un pequeño huerto en el que cultivaba coles. Las coles no solían crecer demasiado, porque una enorme higuera arrojaba su sombra sobre todo el terreno.

Era la única higuera que quedaba en la aldea y las parroquias vecinas. Todas las demás se habían helado durante el invierno que precedió al año 1000.

[1] Pala fuerte de hierro con cabo de madera, que sirve para labrar la tierra y revolverla.

Los envidiosos le decían a la pobre viuda:

—Deberíais cortarla, porque os estropea el huerto.

Pero la pobre viuda no quería deshacerse del árbol, porque su amado esposo lo había plantado al día siguiente de casarse. Además, daba unos higos riquísimos que ponía en almíbar, cociéndolos con la miel silvestre que recogía en los troncos huecos de los árboles.

Sus tres hijos buscaban trabajo. Lo buscaban, pero no lo encontraban. Nadie en el pueblo necesitaba su ayuda. A veces le decían a su madre:

—Podríamos hacernos leñadores.

Cuando oía esto, la mujer ponía el grito en el cielo. Volvía a ver a su marido, tendido en el suelo, ensangrentado y con los huesos quebrados, sobre unas parihuelas[2] hechas con ramas. Temía por la vida de sus hijos.

Sin embargo, el verano se estaba acabando y la buena mujer se lamentaba. ¿Cómo iban a sobrevivir aquel invierno? Tras echar una ojeada a los higos, que empezaban a madurar, se iba a rezar a la modesta iglesia, casi tan desnuda como su propia casa, de aquella humilde aldea.

—¡Jesucristo nuestro Señor, protégenos!

El cura le solía decir:

—Hija mía, deja que tus hijos se hagan leñadores. No tienes otra alternativa.

La mujer no contestaba, pero se marchaba a rezar a los «Otros», a los antiguos dioses de los

[2] Mueble compuesto de dos varas gruesas con unas tablas atravesadas en medio, donde se coloca la carga para llevarla entre dos.

que los narradores de cuentos hablaban en secreto, aquellos dioses de las fuentes, de los bosques sagrados, y de las «Grandes Piedras» en torno a las que muchos aseguraban haber visto bailar en corro a las hadas.

Pero sus hijos seguían sin encontrar trabajo y la amenaza del hambre aumentaba.

Un buen día, la pobre viuda volvía del mercado de la aldea vecina, en la que había trocado una cesta de setas por una hogaza de pan negro, iba toda alterada porque acababa de enterarse de una noticia triste y sorprendente: el todopoderoso príncipe, amo y señor de la región, estaba sumido en la aflicción, pues su hija única se estaba muriendo. Los hijos de la viuda le preguntaron cuál era el mal que aquejaba a la joven.

—Una enfermedad muy extraña. No os lo vais a creer: se está muriendo de hambre, pues tiene permanentemente tal antojo de higos que rechaza cualquier otro alimento. Nuestro poderoso príncipe ha hecho saber que entregará la mano de su hija al hombre que pueda procurarle esa fruta tan escasa, y que, llegado el día, él será su heredero.

—¡Promesa de gran señor! —murmuró el primogénito.

—¡Capricho de niña mimada! —dijo el segundo.

—¿Y si fuera cierto? —pensó en voz alta el benjamín.

La pobre viuda prosiguió:

—Nuestro poderoso príncipe lo ha jurado. Por lo tanto, hemos de intentarlo. Voy a ir a por los higos: cogeré los más gordos y maduros. Una de las cestas todavía está nueva y uno de los paños sigue blanco y sin remendar.

Se volvió hacia el primogénito y le dijo:

—Mañana mismo irás a llevarlos al castillo.

—¿Yo? —preguntó el muchacho—. ¡Pero si voy cubierto de harapos! ¡Los criados me echarán!

—Nada de eso —replicó la madre—. Tengo guardada en un arcón la mejor camisa de tu pobre padre y los amplios calzones de lana que llevaba el día de nuestra boda. Eres un muchacho apuesto y te quedarán estupendamente. Y si le gustas a la princesa, se habrán acabado nuestras desgracias.

El primogénito se fue, todo endomingado; llevaba del brazo una hermosa cesta llena de magníficos higos, cubiertos con un paño de una blancura deslumbrante. Iba atravesando el espeso bosque, por un camino que corría paralelo a un foso, cuando, de repente, oyó unos gemidos:

—¡Ay! Hombre de bien..., me he caído en este hoyo. He perdido mi cayado[3] y no consigo levantarme.

Se acercó a la zanja y vio en el fondo de la misma a una anciana que lo miraba con ojos de súplica. Le pareció tan fea que dio un paso atrás y le dijo groseramente:

—Vieja, arréglatelas como puedas, que yo no puedo perder el tiempo.

[3] Bastón corvo por la parte superior.

—¿Tienes prisa, joven? ¿Y adónde vas tan apurado?

—¿A qué viene tanta curiosidad? Voy al castillo a ver al príncipe.

—¡Ah! ¿Por eso te has puesto tus mejores galas? ¿Y qué llevas en esa gran cesta, debajo de ese paño tan blanco?

—¡Cagarrutas de cabra, abuela! —le contestó.

—¡Hermosas cagarrutas serán!

Y prosiguió su camino, dejando a la vieja en el fondo del hoyo. Al llegar al castillo, los criados lo detuvieron y unos feroces perros le olisquearon los calzones. Pero cuando explicó que traía unos higos, como iba muy bien vestido y era bastante apuesto, lo dejaron entrar en el salón de principal.

El príncipe estaba sentado en un trono dorado, y al lado, su hija, muy pálida, languidecía sobre unos cojines. Parpadeó al ver aparecer a aquel buen mozo que traía un cesto nuevo cubierto con un paño blanquísimo.

—Acércate —le dijo el príncipe—, y si tus higos son lo que yo espero, cumpliré el juramento que he hecho ante Dios.

El primogénito se acercó haciendo reverencias y la joven princesa se incorporó sobre sus cojines. Sus mejillas se habían cubierto de un leve rubor que ponía de relieve su hermosura.

Extendió los dedos y levantó una esquina del paño. De la cesta salió un hedor agrio, pues estaba llena de cagarrutas, enormes cagarrutas de cabra relucientes y redondas, unas cagarrutas gigantes.

—¡Santo cielo, qué horror! —exclamó la princesa, dejándose caer sobre los cojines.

—¡Apresad a este hombre! —gritó el príncipe a sus criados—, y metedlo en un calabozo con su cesto y lo que hay dentro.

Dicho y hecho.

A la mañana siguiente, la pobre viuda, que no había tenido noticias de su primogénito, se lamentaba ante sus vecinos:

—Le tiene que haber ocurrido alguna desgracia. Tú, que eres el segundo, irás a llevar esta cesta. No está muy nueva, ni el paño tampoco, y nuestros mejores higos se han perdido sabe Dios dónde, pero los que quedan siguen siendo buenos, y te abrirán las puertas del castillo. Aséate, hijo mío, mientras remiendo tus mejores ropas. Y trata de enterarte de la suerte que ha corrido tu hermano.

El segundo hijo se marchó con la cesta llena de unos higos de tamaño mediano, cubiertos con un paño remendado una y otra vez.

En medio del bosque, llegó a la altura del hoyo y oyó unos gritos:

—¡Ay! ¡Hombre de bien, socórreme! Me he caído en este hoyo. He perdido mi cayado y no consigo levantarme.

El segundo hijo vio a la anciana que lo miraba con ojos de súplica. No era mal muchacho y la habría ayudado si hubiese estado menos sucia: porque la mujer estaba cubierta de ese barro negro que en otoño cubre la tierra en la espesura de los grandes bosques.

—Tendréis que disculparme, pero llevo prisa.

—¿Ah, llevas prisa? ¿Y adónde vas tan apurado?

—Al castillo del príncipe a llevar esta cesta.

—Y dime, joven, si no es indiscreción, ¿qué es lo que llevas bajo ese paño?

El muchacho, menos grosero que su hermano, le contestó:

—Son manzanas de mi huerto.

—¡Hermosas manzanas serán!

Cuando el hijo de la viuda llegó al castillo, los criados lo miraron con cara de pocos amigos. Pero iba muy limpio, aunque sus ropas eran modestas, y no tenía mal porte. Lo dejaron pasar después de haber calmado a los perros.

En el gran salón de gala, el poderoso príncipe estaba sentado en su trono de oro y terciopelo, y su hija, aún más pálida, se hallaba tendida sobre los cojines.

El segundo hijo de la viuda hizo un sinfín de reverencias, genuflexiones y saludos. El príncipe lo examinaba con gesto sombrío y colérico. No se anduvo con rodeos y le ordenó:

—¡Enseña tus higos!

Luego, en tono amenazador, añadió:

—Si intentas engañarme, como el anterior, irás a parar como él al calabozo y luego os mandaré ahorcar a los dos.

El muchacho temblaba de la cabeza a los pies. ¿Se referiría a su hermano mayor? ¿Qué falta habría cometido para merecer que lo ahorcaran? Bajó la cabeza y, con mano temblorosa, se decidió finalmente a levantar una esquina del paño.

Y entonces, en lugar de los anhelados higos, aparecieron ¡manzanas! Pero unas manzanas como las que ya no existían. Unas frutas tan hermosas, tan perfumadas, que seguramente habrían sido cortadas del árbol del Paraíso.

A pesar del ello, el príncipe estaba disgustado. Aunque la ofensa no fuera tan grave como la de la víspera, ordenó a sus criados:

—Apresad a este hombre y arrojadlo al calabozo junto al otro. Los ahorcaremos a la vez.

Y se inclinó sobre su hija única, que lloraba en silencio sobre sus espléndidos cojines.

A la mañana siguiente, la pobre viuda, que no había tenido noticias de sus dos hijos mayores, le dijo al benjamín:

—¡Seguro que les ha ocurrido alguna desgracia! Ya no me quedan más que esta cesta vieja y este paño, ambos llenos de agujeros. Nuestros últimos higos son muy pequeños, pero al fin y al cabo higos son, con ellos podrás entrar en el castillo. Aquí tienes unas ropas viejas, aunque las he lavado muy bien. Arréglate lo mejor que puedas. Sé muy cortés y trata de enterarte de lo que les ha sucedido a tus hermanos.

El infeliz del benjamín besó a su madre, calzó sus viejos zuecos y se adentró en el bosque.

Cuando llegó a la altura del hoyo, una voz le dijo:

—¡Ay, hombre de bien, socórreme! He perdido mi cayado y no puedo levantarme.

—Esperad, buena mujer, que en seguida os echo una mano.

Soltó la cesta, bajó a la zanja y, aunque la anciana estaba tan cubierta de fango que no se habría acercado a ella ni un jabalí, la cogió en brazos y la subió al camino. Incluso le encontró el cayado, y cuando estuvo a salvo le dijo:

—¡Id con Dios, buena mujer! Y mirad bien por dónde pisáis.

La vieja lo agarró con su mano ganchuda y le dijo:

—¿Te importaría quedarte a charlar un ratito conmigo?

—Lo siento pero no puedo. Como veis, tengo prisa.

—¿Tienes prisa, muchacho? ¿Adónde vas tan apurado?

—Voy al castillo a llevar esta cesta.

—Y dime, si no es una indiscreción, ¿qué escondes bajo ese paño que ha conocido días mejores?

—¡Oh! No escondo nada. Son higos para la princesa que, según cuentan, se está muriendo de antojo de comer esta fruta.

—¡Hermosos higos serán!

El benjamín se presentó ante la puerta del castillo y los perros estuvieron a punto de devorarlo de un bocado, pues los tenían adiestrados para que atacaran a los indigentes[4] y aquel hombre parecía un mendigo. Pero al final los criados le abrieron la puerta y entró en el castillo.

El príncipe estaba solo en su trono de oro. La princesa, muy debilitada y apoyada en su don-

[4] Faltos de medios para pasar la vida.

cella, observaba la escena oculta tras unas cortinas. Sintió un atisbo de esperanza al ver al benjamín pues, a pesar de sus harapos, era un muchacho encantador. Apartó a la doncella, juntó las manos y le rogó a Dios con fervor que aquel fuera por fin el hombre que esperaba.

—¡Acércate! —le dijo el príncipe con voz aterradora—. Como me hagas una afrenta como los otros dos, te mandaré ahorcar igual que a ellos.

El benjamín de la viuda se acercó despacito, tratando de mostrarse lo más tranquilo posible, aunque temía por la suerte de sus hermanos. ¿Qué habrían hecho para merecer que los ahorcaran? Con la mirada buscaba a la princesa que, según decían, era más hermosa que un sol.

Por fin, cuando estaba a tres pasos del príncipe, se inclinó humildemente y levantó una esquina del paño. En seguida el príncipe empezó a gritar:

—Princesa, hija mía, ven, ¡aprisa! Ven a ver estos higos. Son espléndidos... admirables. Yo mismo me voy a..., con permiso.

Y ya tenía un higo en la boca cuando la joven princesa llegó corriendo con las mejillas sonrosadas de placer.

El propio benjamín estaba estupefacto. ¿Cómo era posible que sus modestos higos, la mayoría de los cuales ni siquiera estaban maduros, se hubiesen convertido en frutas tan hermosas, tan magníficas y gordas? ¡Aquello era en verdad un milagro!

Sin embargo, la princesa ya no tenía tanta prisa por comérselos. El joven de la cesta le interesaba bastante más. Mientras su padre se ponía morado de higos, le susurró al oído:

—¿Padre, cumpliréis vuestro juramento?

El príncipe, al parecer, no se sentía muy inclinado a ello, pero no se atrevió a faltar a su palabra, por miedo a condenarse.

El benjamín de la viuda se casó con la princesa, consiguió que sus hermanos fueran perdonados y que su pobre madre se fuese a vivir con él a palacio.

Ya convertido en príncipe, mandó buscar a la anciana a la que había sacado del hoyo, pues quería darle las gracias, pero la buena mujer había desaparecido.

Por aquellas tierras, creen que se trataba de un hada. Y yo también me inclino a creerlo…

III

La leyenda de la torre inclinada

En vísperas del año 1000, la torre estaba ya tan vieja que nadie recordaba cuándo la habían construido.

—¡En tiempos de las hadas! —solía decir la gente.

Algunos incluso afirmaban que a veces se veía a unas damitas bailando en corro por los aires alrededor de las almenas y los matacanes[1].

Fuera como fuera, en aquella época vivía en la torre uno de los más crueles señores: peleaba contra todos sus vecinos y saqueaba a todos los viajeros.

Este señor de la Torre —que todavía no estaba inclinada— tenía también aterrorizados a su mujer y a sus hijos. Cuando salía a guerrear, los encerraba en la gran sala del primer piso y retiraba la escalera que permitía el acceso a la misma.

La única distracción que les quedaba era mirar por la ventana, una simple apertura realizada en medio del muro. Desde allí, asomándose, divisaban una parte de las murallas y la hierba húmeda del foso. Al alzar la mirada veían el cielo.

[1] *Almena:* Espacio intermedio en el coronamiento de un muro dentado de fortificación. *Matacán:* Obra voladiza en lo alto de un muro, de una torre o de una puerta fortificada, con parapeto y suelo con aberturas para disparar por ellas.

Hasta ese momento, los «asuntos» del señor habían ido viento en popa. En el país se murmuraba que era más rico que el mismo rey de Francia, a la sazón Roberto II, apodado «el piadoso»[2].

Sin embargo, el señor de la Torre no era nada «piadoso». No temía a nada en el mundo, ni a Dios ni al diablo; es más, la gente murmuraba que estaba en muy buenas relaciones con este último. Cuando le hablaban del fin del mundo, soltaba una feroz carcajada. Se burlaba de los imbéciles que creían que los muertos saldrían de sus tumbas cuando resonaran las trompetas del Juicio Final. Su risa habría sido mucho más estrepitosa si sus «asuntos» hubieran ido mejor, pero el caso es que estaban en clara decadencia.

El gran temor que asaltó a la gente al acercarse el fin del milenio había dejado los castillos desiertos. Los nobles desaparecían, llevándose sus bienes, y se refugiaban en los monasterios, donde se dedicaban a rezar para que Dios les perdonara sus pecados. Los campesinos, abandonados a su suerte y al terror, se marchaban de los pueblos y de las aldeas, y se escondían en el bosque. Los peregrinos y los mercaderes habían dejado de viajar.

Como el país se había quedado desierto, el señor de la Torre ya no tenía a quien saquear y se aburría mortalmente. Al no tener otra cosa que hacer, comía como un ogro y bebía como un cosaco. Cuando terminaba, barría la mesa con el

[2] *Roberto II el Piadoso*, rey de Francia (996-1031). Hijo y sucesor de Hugo Capeto, con quien gobernó conjuntamente desde 987. Intento reforzar el débil poder de la monarquía a través de la anexión de territorios.

brazo y los platos y las jarras de barro iban a parar al suelo.

Su mujer, atemorizada, se escondía en un rincón para proteger a sus hijos más pequeños mientras le rogaba a la primogénita, que era la predilecta del padre, que tratara de calmarlo en la medida de lo posible.

Alix acababa de cumplir quince años. Era hermosa como un sol, cantaba de maravilla y todos, ricos y pobres, jóvenes y viejos, la querían. La gente decían que las hadas se habían inclinado sobre su cuna.

Para atender las súplicas de su madre, la joven tenía que apartarse, muy a su pesar, de la ventana donde le gustaba pasarse las horas soñando, contemplando las nubes, y descubriendo en ellas formas extrañas: ángeles mofletudos, caballos alados, y corros de hadas cuyos gráciles velos se desvanecían al soplar el viento.

Al señor de la Torre le gustaba verla frente a él. Cuando la miraba, se llenaba de orgullo, pues era más hermosa que cualquiera de las muchachas del condado. A menudo le pedía que le cantara algo o que le contara una historia agradable para distraerle de su aburrimiento. La voz de Alix era tan dulce que, entre el cuento y el canto, el señor se dormía, con las manos cruzadas sobre la panza. Y entonces todo el mundo respiraba tranquilo.

Pero un día las cosas ocurrieron de otra manera. La muchacha se acababa de sentar, cuando el señor le dijo:

—Hija mía, he estado pensando que ya es hora de casarte.

La hermosa Alix parpadeó. Ella también había pensado en ello. Y a veces, entre las nubes, le había parecido ver el apuesto rostro de su príncipe azul.

—Padre, haré lo que digáis.

El señor prosiguió, mesándose la barba con su grasienta mano:

—Te he buscado un buen esposo. Se trata del barón de Tornamieses, el cual me ha hecho saber que le gustabas.

—Pero padre, ¡es muy viejo!

—Y muy rico también, hija mía.

—Pero padre, ¡es muy feo!

—Sí, hija mía, eso es cierto. Pero eso se arregla cerrando los ojos.

Alix bajó la cabeza y sus pesadas trenzas rozaron la paja seca que cubría el suelo helado. Se puso a pensar y cuando creyó que había dado con el argumento justo, dijo:

—Padre, en este momento no se puede uno casar.

—¿Y por qué, si se puede saber?

—Porque se acerca el fin del mundo. Tenemos que pensar en salvar nuestras almas. Además, he oído decir a los criados que el barón de Tornamieses se ha marchado hace tres días a hacer penitencia a un monasterio. Deberíais imitarle.

El señor dio un puñetazo en la mesa y gritó:

—¿Cómo te atreves a oponerte a mí y a darme consejos? Mira, ahora mismo me marcho a todo galope hasta Tornamieses y volveré con el barón. No es posible que un hombre como él se haya creído esas pamplinas del Apocalipsis[3] y de las tumbas. Es como yo, no le teme a nada.

Bajó a toda prisa la escalera que comunicaba los distintos pisos, desapareció por el agujero, reunió a sus perros y a sus soldados y partió a galope hacia el bosque.

La dama y su hija se pasaron el resto del día y parte de la noche llorando. Incluso pensaron en darse a la fuga, pues el señor había salido tan precipitadamente que se había olvidado de quitar la escalera. Pero el puente levadizo estaba bien guardado y la ventana se encontraba en lo alto de la torre del homenaje[4].

Al amanecer, Alix y su madre acababan de quedarse dormidas cuando las despertó un gran estruendo: su amo y señor había regresado. Pero se quedaron estupefactas cuando apareció ante ellas cubierto de heno: parecía diez años más viejo.

—¡Señora! —exclamó con voz temblorosa—, preparad vuestros trastos y vuestras baratijas. Salimos para el monasterio en el que ya se encuentra Tornamieses. Me dicen que sí, que cree en el fin del mundo, por lo que no tengo más remedio que creer en ello yo también. Es preciso que me confiese sin tardanza, pues he cometido graves pecados.

Cuando lo vio santiguarse varias veces, Alix se atrevió a preguntarle:

—Si el barón no estaba, ¿cómo sabéis…?

[3] Véase la nota 5 del capítulo I.

[4] La torre más importante de un castillo, en ella se realizaba la ceremonia del juramento al señor de la fortaleza.

—Su castillo está desierto, los criados se han fugado. No encontré más que a este muchacho...

El señor se asomó por el agujero y, con su brazo todavía vigoroso, sacó a un encantador joven vestido con un traje de color de hoja seca y graciosamente tocado con un sombrero verde adornado con una pluma rojiza.

El señor dijo con desprecio:

—No es más que el sobrino del poderoso barón. Se negó a seguir a su tío. Voy a llevárselo agarrado por las orejas. Es un incrédulo, no cree en nada.

—Disculpad, pero eso no es cierto —dijo el joven—. Creo en el futuro y venero la belleza.

Hizo una reverencia ante las damas, barriendo la paja con la pluma de su sombrero. La dulce Alix se ruborizó, pues aquel muchacho le recordaba al Príncipe de las Nubes.

El señor de la Torre se dio cuenta de la mirada que los dos jóvenes acababan de intercambiar. Se puso tan furioso que echó mano a la espada. Se puso a chillar, zarandeando a su prisionero:

—Al fin y al cabo, me importáis un comino. Tengo que ocuparme de mi salvación y no sé cómo no os he arrojado ya por la escalera. Desapareced de mi vista cuanto antes, pues lo mismo cambio de opinión.

El joven asomó la cabeza por el agujero y dijo con voz jovial:

—¡Valor, hermosa Alix! Esperadme, pues he de volver.

El señor dio un rugido, pero el joven, más ágil que él, ya se había puesto fuera de su alcance. Ya estaba bastante colorado, pero se puso de color berenjena cuando vio que Alix saludaba al joven con la mano desde la ventana del torreón. Agarró a su hija por el brazo y la sacudió sin miramientos:

—Preparad vuestras cosas y olvidaos de ese granuja. No tiene fortuna y no sabe más que componer canciones.

—Y qué mas da —repuso Alix en tono burlón— si el mundo está a punto de acabar. ¿Qué importan las riquezas a los ojos de Dios?

Su madre añadió:

—Nuestra hija tiene razón, amigo mío. No os dejéis llevar por la ira, pues es otro pecado capital[5] que, sumado a los demás…

Se le quebró la voz y se cubrió el rostro con el brazo, pues su esposo apretaba los puños.

Sin embargo, en aquella ocasión el hombre se dominó y, poniéndose de repente muy pálido, ordenó en tono menos brusco:

—Vamos, coged vuestras cosas y seguidme sin rechistar.

Según se disponía a salir por el agujero, Alix declaró con decisión:

—Padre, yo prefiero quedarme aquí.

Se detuvo, con un pie en un escalón:

—¿Qué dices? Que prefieres…

—Prefiero…, deseo…, Padre, QUIERO quedarme aquí.

El señor estuvo a punto de ahogarse de puro estupor. Hasta la fecha, nadie se había atrevido a

[5] Según la Iglesia, el que destruye la gracia en el alma y hace al hombre digno de la pena eterna.

llevarle la contraria o a expresar su opinión. Apenas acertó a balbucear:

—¡Qué decís, hija mía!

—Aprovecho para deciros —prosiguió Alix con la misma serenidad— que no me casaré con el viejo barón de Tornamieses. Antes me mataría o me metería monja.

—¡Espera que te eche el guante y verás! —le gritó su padre.

Se disponía a salir del agujero, pero Alix corrió hacia la ventana.

—¡Padre, si me tocáis, juro por Dios que me arrojo desde lo alto de esta torre!

La infeliz madre imploraba perdón. Los niños pequeños lloraban en un rincón. Alix se subió a un escabel que había acercado a la ventana para llegar mejor al alféizar[6]. Finalmente, el padre rugió:

—¡Muy bien, hágase según tu voluntad! Puesto que reniegas de mí, ya no eres mi hija sino mi prisionera. La torre estará tan bien cerrada que nadie podrá entrar ni salir de ella. Si de verdad llega el fin del mundo, morirás aquí sola. Y si, como sostiene tu pretendiente, el mundo no se acaba, volveré para castigarte y lamentarás no estar sufriendo los tormentos del Infierno.

Alix juntó las manos en ademán de súplica, pero él la rechazó brutalmente y le dijo:

—En cuanto a ese cantamañanas, lo ahorcaré como a un villano[7].

[6] *Escabel:* Asiento pequeño, sin respaldo. *Alféizar:* Vuelta o derrame que hace la pared en el corte de una puerta o ventana.

[7] *Cantamañanas:* Persona informal, fantasiosa, irresponsable, que no merece crédito. *Villano:* Persona ruin, indigna.

Y tras pronunciar aquellas palabras desapareció, empujando por delante de él a su desgraciada familia.

Durante un rato siguieron oyéndose muchos gritos y órdenes y luego unos martillazos que hicieron que se estremecieran las murallas. Los criados estaban clavando la puerta y subiendo el puente levadizo[8].

Alix se asomó a la ventana y vio alejarse la carreta de ruedas de madera que se llevaba a su pobre madre y a sus hermanas y hermanos pequeños, además de todas las provisiones de alimentos y bebida. A continuación iba el señor a lomos de su imponente corcel, acompañado de seis caballeros. Detrás marchaba un variopinto cortejo de soldados, criados y doncellas que lloraban sin consuelo.

Al final se hizo un profundo silencio. Alix estaba sola en el viejo torreón.

Aquella terrible escena la había agotado. Se tendió en su jergón[9] e inmediatamente se quedó dormida. Tuvo un sueño maravilloso.

Estaba asomada a la ventana. Unas cuantas nubecillas avanzaban empujadas por el viento. Como si fueran velas, aleteaban por el cielo azul y en sus pliegues movedizos Alix veía rostros encantadores. Unos ojos claros le sonreían, unas manos transparentes le hacían señas y un corro giraba en un curioso torbellino. La torre había quedado envuelta en aquel movimiento y susu-

[8] Puente móvil que era defensa de castillos y plazas fuertes, pudiendo levantarse o bajarse sobre el foso a voluntad por medio de poleas y cuerdas o cadenas.

[9] Colchón de paja, esparto o hierbas.

rraba en su lenguaje: «Son las hadas, las dulces hadas que se inclinaron sobre tu cuna».

A Alix le habría gustado poder echar a volar con ellas, pero no era capaz de despegarse del suelo. Entonces su maravilloso sueño se convertía en pesadilla y lloraba dormida. Pero, de repente, oyó un melodioso canto y, asomándose un poco más, vio a un joven con un traje de color de hoja seca que le cantaba:

—¡Ven! ¡Ven, dulce Alix! Te estoy esperando.

Despierta solo a medias, la muchacha corrió hacia la ventana y se inclinó todo lo que pudo. Allí estaba el joven, vivo, de carne y hueso, y parecía el Príncipe azul.

«¡Ay de mí! —pensó—. Estoy presa. Él no puede subir, yo no puedo bajar, y si salto, me mataré».

Juntó las manos y alzó la mirada hacia las vaporosas nubes que corrían empujadas por el viento, formando un corro entre cuyos velos surgían sonrisas y miradas de complicidad.

Cuando coronaron la torre, esta empezó a inclinarse lentamente. Y se inclinó hasta que casi llegó a tocar el suelo.

Alix veía subir hacia ella los brazos tendidos del apuesto muchacho. Cuando sus dedos se rozaron, sintió tal felicidad que creyó que seguía soñando.

Arriba, las hadas todavía bailaban y, con su magia, hicieron que la torre se volviera a enderezar. Pero aquellas damiselas tal vez estaban algo cansadas, o a lo mejor es que quisieron gastarle una broma al malvado señor.

El caso es que, cuando este regresó, con su familia, sus soldados y sus criados, vio que la torre estaba inclinada hacia un lado y que la hermosa Alix había desaparecido. Esta vivió felizmente junto a su amado y ambos fueron muy buenos con sus hijos.

En cuanto a la torre, mil años después sigue en su sitio y todavía está inclinada. Al parecer, de vez en cuando, una corona de nubes bailotea a su alrededor.

IV

El diablo temblón

Érase una vez, a fines del año 1000, un diablillo muy friolero al que su amo, Satanás, había enviado a la Tierra. En cuanto soplaba la menor brisa, se volvía en seguida a los infiernos.

—Amo —le suplicaba juntando las manos cubiertas de sabañones[1]— dejadme que me quede junto a vos hasta que llegue la primavera.

Pero el Gran Jefe fruncía el ceño y le preguntaba en tono arisco:

—¿Cuántas almas humanas me traes?

El diablillo agachaba la cabeza y trataba de justificarse lo mejor que podía:

—He trabajado mucho para vos. He enturbiado el agua de veinte fuentes. He conseguido que a las vacas de Colás les diera un cólico y he escondido el libro de oraciones del cura.

—¡Tonterías! Te estoy pidiendo el saldo de almas.

El diablillo prorrumpía en sollozos:

—En invierno, me pongo a temblar como una hoja y las almas se me escapan entre los dedos.

—Escucha —le dijo un día Satanás, que a veces también sabía comportarse como un buen

[1] Hinchazón de la piel, con ardor y picazón, causada por el frío excesivo.

príncipe—: solo te voy a pedir que me traigas un alma, por ejemplo la de Juantodo. Si lo consigues, te pasarás el invierno bien calentito.

El infeliz exclamó:

—¡Pero eso es imposible, amo! Juantodo no tiene alma, todo el mundo lo sabe.

—¡Sí que la tiene! Es minúscula, lo reconozco, pero aun así quiero que me la traigas.

El diablillo se marchó agobiado por su mala suerte. Por el camino, iba diciéndole a los espinos[2]:

—Es más difícil atrapar un alma cuando es pequeña. Nunca sabe uno por qué lado agarrarla. Es un trabajo demasiado difícil para mí.

Con la moral por los suelos, se refugió en lo alto de un torreón cuyas piedras habían conservado un poco de calor del verano anterior. Por la noche, una corneja[3] lo resguardaba bajo su ala. El diablillo se puso a hablar con ella:

—No me puedo creer que Juantodo tenga alma, ni siquiera minúscula. Es un idiota baboso. No sabe más que hacer el memo. ¿A ti que te parece, querida anfitriona?

A la vieja corneja no le parecía nada. Pero los días se iban acortando y el viento era cada vez más frío y el cielo estaba cada vez más gris. Las nubes se perseguían corriendo por el cielo, como si fueran rápidas bandadas de aves migratorias[4].

—¡Eh, eh! —las llamaba el diablillo—. ¿Sabéis cómo podría atrapar…?

[2] Arbolillo rosáceo, de ramas espinosas y flores blancas olorosas.
[3] Ave paseriforme, de plumaje totalmente negro, pico robusto y voz característica.
[4] Aves de paso que realizan viajes periódicos.

Pero los nubarrones ya estaban lejos. Al cabo de poco tiempo, el infeliz empezó a pasar verdadero frío. A pesar de que se tapaba las pezuñitas con su escuálida cola, a pesar de que se daba continuas palmadas en los costados, se moría de frío y temblaba.

Al pie del torreón, el campo dormía. Los perros resollaban[5] junto al hogar.

El infeliz diablo se acordaba con nostalgia del infierno. Soñaba con sus cálidos braseros y con el humeante azufre[6]. Una noche empezó a nevar y exclamó:

—¡Se me están pelando los cuernos de frío! No voy a quedarme aquí cuando veo salir humo de tantas chimeneas. Faltaría más que me fuera a morir de frío por no haber pescado el alma de Juantodo. Primero me voy a calentar y luego ya le echaré el guante.

Se hizo un abrigo de telaraña y, envuelto hasta las orejas, bajó al pueblo que se extendía la pie de la torre. ¡Qué frío tenía! Temblaba de la cabeza a los pies. Llegó a la primera choza y asomó la nariz a la ventana: la única habitación estaba desierta; en la siguiente, tampoco había nadie, ni en las otras. Cualquiera diría que la peste o el cólera[7] hubieran acabado con toda la gente del pueblo.

El diablillo llegó por fin a una casa diez veces más alta y más bonita que las demás, hecha de

[5] Resollar: Respirar fuertemente y con algún ruido.

[6] Elemento químico, metal de color amarillo, sólido, quebradizo; se encuentra nativo en las zonas volcánicas y combinado formando numerosos minerales del grupo de los sulfuros y sulfatos.

[7] Enfermedades contagiosas que causan gran mortandad.

piedras nuevas y ordenadamente colocadas. Por una puerta en forma de arco llegaban hasta él las notas de una melodiosa canción, mezcladas con bocanadas de perfumada tibieza.

El diablo coló su pezuñita entre las hojas del pesado portalón y entró sin hacer ruido.

Todo el pueblo estaba allí. Unos de pie, cubiertos con harapos; otros, vestidos de seda, arrodillados sobre unos cojines; y todos ellos, ricos o pobres, entonaban a voz en cuello alabanzas al Señor.

¿Alabanzas a QUIÉN?

Alzó los ojos al cielo y vio, colgando de la bóveda, una cruz de oro que relucía a la luz de varios cirios y de un gran número de velas.

¿Una GRAN CRUZ DE ORO?

¡Aquél era el emblema del ENEMIGO!

Dio media vuelta, cerró la puerta tras de sí con todas sus fuerzas y volvió a encontrarse en medio de la fría noche. Cada vez nevaba más.

—¡Ay de mí! No puedo quedarme en esta casa, aunque es muy bonita y hace un calor tan agradable. Porque es una iglesia, me doy perfecta cuenta. ¿Qué ocurriría si el Gran Jefe se enterara? Seguramente me mataría a golpes. Aun así no puedo quedarme bajo la nieve congelándome. Voy a intentar encontrar un establo. Y que espere el alma de Juantodo.

Tuvo que arrastrarse hasta la última casa para encontrar lo que buscaba. Y temblaba con tal violencia que sus pezuñas dejaban una huella ondulada. Por fin vio una tosca puerta por la que salía un olor a estiércol.

El pobre diablo se coló en el interior del establo. Entonces dio un grito de sorpresa, porque la escena que vio le pareció maravillosa. La paja de los pesebres relucía como si fuera oro. Allí estaban sentados en círculo, bañados en una suave luz y conversando, un burro gris, un buey, tres corderos y un hombre.

Al ver al diablillo, volvieron la cabeza. El primero en hablar fue el gran buey, que dijo:

—¡Mira, Juantodo, mira lo quien viene por ahí! Seguro que es un duendecillo. No es más alto que una de mis pezuñas.

El burro gris confirmó:

—¡Podría esconderse en una de mis orejas!

—¡Y es más delgado que un junco! —dijo Juantodo sin babear.

Los tres corderos balaron:

—¡Está helado! ¡Vamos a calentarlo!

A pesar de tan cordial recibimiento, y del agradable calor que reinaba en el establo, el diablillo seguía temblando. ¡Menuda aventura y menuda noche! Primero había entrado sin darse cuenta en casa del enemigo. Ahora estaba precisamente con Juantodo, cuya alma reclamaba el Jefe, pero que le miraba con unos ojos azulísimos totalmente enternecedores.

Quiso salir corriendo y se dio la vuelta, por lo que pudieron ver su cola toda envuelta en telarañas. Había alcanzado la puerta cuando alguien lo agarró por el pescuezo. El diablillo cerró los ojos y esperó, más muerto que vivo. Cuando los entreabrió, se encontró con una campanilla saltarina en el fondo de una garganta, era la de Juantodo que con su enorme boca abierta se reía a mandíbula batiente[8].

El diablillo se serenó un poco y abrió los ojos como platos. Estaba de pie en la palma de la mano de aquel inocente; los animales contemplaban la escena y sus dulces miradas resplandecían de alegría.

—¡No te asustes! —dijo Juantodo—. No te vamos a hacer ningún daño. Esta noche es una gran noche, y es nuestra noche. Es Navidad, amigo mío, y tenemos permiso para reír y cantar hasta que el gallo cante tres veces. Pero ¿por qué tiemblas de ese modo?

—Porque estoy helado —dijo el diablillo con voz quejumbrosa.

Entonces dejaron de reírse y le cubrieron suavemente con su aliento. Al cabo de unos cuantos soplidos, el diablillo se quitó el abrigo, soltó los hilos que llevaba pegados a los dedos y suspiró.

Los animales y el inocente se miraron.

—¡Que se quede! —dijo el burro—. Es un portador de buenaventura[9].

—¡Que se quede! —dijeron los corderos—. Sin abrigo, se va a helar.

—¡Que se quede, pues! —dijo el buey—. Si tú también estás de acuerdo, Juantodo.

—Estoy solo, y me apetece mucho que alguien me haga compañía. Lo pondré aquí, pegadito a mi corazón.

Lo agarró entre dos dedos y, metiéndoselo debajo de la camisa, le recomendó en voz baja:

[8] «Reír a mándibula batiente»: Dar rienda suelta a la risa.
[9] Buena suerte.

—Que no te vea nadie y, sobre todo, no te muevas.

El diablillo quiso dar las gracias a sus anfitriones, pero no tuvo tiempo, porque el gallo soltó dos «quiquiriquíes» triunfales. El primer rayo del día se coló por debajo de la puerta. Entonces los tres corderos se acurrucaron sobre la paja, el buey se quedó adormilado sin dejar de rumiar y el burro bajó la cabeza y agachó las orejas.

—¿ Y tú, Juantodo? —murmuró el diablillo—. ¿puedes seguir hablando?

El inocente se le quedó mirando con unos ojos carentes de expresión y se puso a balbucear:

—Ba-bu… ba-bu…

Una pompa de saliva relucía entre sus labios.

El diablillo meneó la cabeza y dijo:

—Qué pena que no tengas ni un pedacito de alma humana. Palabra que te habrías quedado con ella, y yo le habría contado cualquier historia al Gran Jefe.

Luego, acurrucándose contra el pecho de Juantodo, el diablillo prosiguió:

—Mmmmmm… mmmmm. Con o sin alma, la casa es buena. Nos prepararemos a pasar el invierno en ella. En primavera ya se verá.

Y en seguida se durmió.

De repente, lo despertaron unos golpes sordos y rítmicos: pom-pom… pom-pom… pom-pom…

«Es el corazón», pensó.

Entonces, bajo su mejilla, oyó un suave murmullo y preguntó:

—¿Quién habla?

—Soy yo.

—¿Y quién es yo?

—Yo, el alma de Juantodo.

—¡Cuchufletas y mojigangas[10]! —dijo el diablillo al tiempo que bostezaba—. Todo el mundo sabe que Juantodo no tiene alma.

Sin embargo, se espabiló del todo y preguntó con un nudo en la garganta:

—¿Estás segura?

—Totalmente, yo soy su alma.

El diablillo sintió que un sudor gélido le perlaba la frente. La suave voz secreta prosiguió:

—Todos los hombres tienen alma. Unos le dan mucha importancia, otros poca. Otros reniegan de ella. Pero todos la tienen, por pequeña que sea, y yo soy la de Juantodo.

—¿Y dónde te escondes? —preguntó el diablillo—. ¡Oh! No temas que no te haré nada. Preferiría quedarme congelado aquí mismo que entregar el alma de este buen muchacho.

La discreta alma se echó a reír:

—Aunque quisieras llevarme, no lo conseguirías. Soy el alma mejor custodiada: soy el Alma del Corazón, en el que solo puedes entrar si yo te dejo.

El diablillo suspiró:

—De no ser por ti, habría pasado todo el invierno calentito. Ahora no tengo más remedio que seguir mi camino, porque mi amo, allí abajo, estará enterado de todo. Me descubrirá debajo

[10] *Cuchufleta:* Dicho o palabras de broma o chanza. *Mojiganga:* Burla, broma.

de la camisa de Juantodo y me esperará con el tenedor en ristre.

—¡Todas las cosas tienen remedio! —contestó el alma del inocente.

Subió hasta los labios de Juantodo. Afortunadamente, roncaba con la boca abierta de par en par.

—¡Entra, deprisa! —susurró el alma—. En un corazón tan puro como el suyo caben dos.

Desde entonces la gente del pueblo decía que aquella noche de Navidad había ocurrido un milagro: Juantodo ya no era tan tonto; conseguía decir cuatro palabras:

—Diablillo, me haces cosquillas.

Y se reía con tantas ganas que contagiaba a todo el mundo.

V

El cuento del haba

Érase una vez un modesto labrador al que saquearon los ladrones. Le quemaron la choza, se comieron sus gallinas y su gorrino, y se llevaron sus dos vacas y un pucherito de barro en el que atesoraba las cuatro perras que tenía.

—Mi pobre María —le dijo a su mujer—, no nos han dejado más que los ojos para llorar.

—Pedro —le contestó ella—, lo que importa es que estamos vivos. Nos queda la tierra y medio celemín[1] de habas que los bandidos no se han llevado.

—Mujer —gimió él—, eso es lo mismo que nada. Tendremos que mendigar por los caminos.

—No será esta noche —le dijo ella—. Puesto que brasa no nos falta, y que he encontrado una olla en la que poder cocinar, haré un potaje de habas, y después de cenar ya veremos lo que se puede hacer.

Comieron y la mujer le comentó:

—Has de pedir socorro a tu santo patrono, el gran san Pedro, para que nos eche una mano. Es un apóstol muy poderoso, porque tiene las llaves del Paraíso.

[1] Antigua medida de capacidad para áridos (granos); en Castilla equivalía 4,625 litros. Asimismo, porción de áridos que llena exactamente la medida del celemín.

—¡Infeliz! —contestó él—. No creo que le importemos nada.

—Pues con todo y con eso, tenemos que hablar con él.

Estuvieron rezando durante un largo rato y empezó a hacerse de noche. Pedro reanudó sus lamentaciones:

—¿Dónde vamos a dormir? —le preguntó a su esposa.

—En la pocilga del cerdo, que los ladrones no quemaron. Pero primero quiero sembrar unas cuantas habas.

—De aquí a que crezcan —suspiró el hombre— ya estaremos más que muertos.

—No importa —insistió María—, hemos de intentarlo.

Plantó las habas, se acostaron lo mejor que pudieron y se despertaron muy temprano. En cuanto la mujer salió de la pocilga, le gritó:

—¡Pedro, levántate y ven a ver!

Pedro salió y se quedó con los brazos colgando y los ojos como platos de asombro. En medio del huertecillo, había crecido una mata de habas tan alta que llegaba hasta el cielo.

—¡Es un milagro! —dijo María—. Tu santo patrono nos ha escuchado. Has de ir a visitarle para darle las gracias y pedirle un poco más de ayuda.

Lo zarandeó de tal modo que el hombre acabó por resignarse y trepó por la planta. Cuando ya estaba bastante arriba, vio a un posadero en el umbral de una puerta.

—¡Buenos días, hombre de bien! —le dijo el posadero—. Tendréis sed después de haber su-

bido tanto. Entrad un momento y probad mi vino.

—¡No gracias! —le contestó Pedro—. Llevo prisa. Tengo una cita en el Paraíso. Me detendré a la vuelta.

Siguió subiendo y por fin llegó delante de una puerta remachada con clavos de oro. Agarró la aldaba[2] y dio tres golpes. Al tercero la puerta se abrió y apareció san Pedro con un gran manojo de llaves colgado del cinturón.

Nuestro viajero se quitó el gorro y le saludó con una profunda reverencia, siguiendo las instrucciones de su esposa.

—¿Qué te trae por aquí? —le preguntó el santo.

—Malas noticias, Padre. Unos malvados han quemado mi casa y María me envía para pediros un poco de ayuda.

San Pedro le contestó:

—Tengo lo que necesitas.

Dio un chasquido con los dedos y en seguida apareció un burrito de pelo gris con una marca más oscura sobre el lomo.

El labrador dijo quejumbroso al tiempo que estrujaba el gorro:

—¿Y qué hago yo con un burro? Me han robado el arado y la carreta. Este animal, san Pedro, no me servirá de nada.

—¡Hombre de poca fe! —le contestó el santo—. Este burro no es como los demás. Cuando llegues a la tierra, susúrrale estas palabras al oído: «Burrito, caga oro y plata».

[2] Pieza de hierro o bronce que se pone en las puertas para llamar.

—¿Y él qué hará, Padre?

—Ya lo verás en su momento. Pero no se lo cuentes a nadie, pues de lo contrario todos vendrían a pedirme ayuda. Y ahora, amigo mío, a seguir bien.

La puerta de oro se cerró y el viajero se quedó solo con su burro al que llevaba atado con una cuerda. Como no sabía qué pensar de tan inesperado regalo, se dispuso a bajar y llegó delante de la posada.

El posadero lo acogió muy cordialmente.

—Querría dejar este burro en la cuadra mientras como algo —le dijo nuestro hombre—. Cuídamelo bien, pues es un burro que vale mucho.

—¿Y cómo se llama?

—Todavía no lo sé. Puedes llamarlo como quieras, pero no le digas al oído: «Burrito, caga oro y plata», pues san Pedro lo ha prohibido expresamente.

El posadero se llevó en seguida el burro a la cuadra y le dijo al oído la fórmula mágica. Entonces el burro levantó la cola y, muy limpio él, cagó sobre la paja monedas de oro y monedas de plata. Al cabo de un momento se podía llenar con ellas un cubo entero.

El posadero tenía un burro que se parecía como dos gotas de agua al de Pedro. Mientras este bebía y comía de fiado[3], el astuto posadero le dio el cambiazo. Como Pedro había bebido más de la cuenta, cuando volvió a ponerse en camino iba dando tumbos. Al llegar a casa, vio que unos

[3] Sin tener que pagar la consumición al momento.

vecinos estaban ayudando a su mujer a rebuscar entre los escombros los escasos utensilios que todavía podían servían para algo. Pedro les gritó:

—Vecinos, os doy las gracias por vuestra ayuda, pero ya no os necesito, pues mi santo patrono me ha regalado esto.

—¿Ese burro viejo? —preguntaron sorprendidos.

—Ah, pero no es un burro cualquiera. Si me prometéis guardar el secreto, os lo voy a demostrar.

Todos prometieron y juraron, y, aunque su mujer lo miró con cara de reproche, se inclinó sobre el burro y le susurró a la oreja:

—¡Burrito, caga oro y plata!

Como el burro no hacía nada, Pedro repitió la fórmula mágica, primero muy despacito, casi como si fuera una plegaria, luego levantando un poco la voz y, finalmente, a gritos. La última vez, dio tal alarido que al pobre animal se le aflojó el vientre y dejó caer al suelo un vulgar excremento. Todos los vecinos prorrumpieron en carcajadas.

Por la noche, se marcharon y la mujer le dijo al labrador

—O tú te has equivocado en algo o el bueno de san Pedro se ha burlado de ti, cosa que no es propia de un santo. Así que has de ir a decírselo a la cara y pedirle desagravio.

—Pero mujer, se está haciendo de noche.

—¡Es igual! —le contestó—. Ya conoces el camino. Estoy segura de que ahí arriba no hay ni lobos ni salteadores de caminos.

—No, solo me he encontrado con un posadero muy amable y honrado, que me ha fiado la cena solo con verme la cara.

—Si te encuentras muy cansado siempre puedes quedarte a dormir en la posada. Vamos, hombre, ánimo, y ve a pedirle a san Pedro que te ayude de verdad. Si no, no nos va a quedar más remedio que echarnos a pedir por los caminos.

El hombre volvió a trepar de hoja en hoja. La luna estaba apareciendo en el cielo cuando llegó delante de la posada.

—¿Vienes a saldar tu deuda? —le preguntó el posadero—. No es moco de pavo, pues bebiste mucho y tu burro se comió mi mejor forraje.

—¡No me hables de este borrico, que me ha hecho quedar como un idiota delante de mi mujer y de mis vecinos. Voy a ver al gran patrono y te pagaré cuando vuelva a bajar.

La luna se había puesto cuando llegó al Paraíso. Afortunadamente, una luz verdaderamente divina iluminaba la puerta. Pedro agarró la aldaba y dio tres golpes. Al tercero, la puerta se abrió y apareció san Pedro, medio dormido y bostezando.

—¡Otra vez tú! —exclamó.

—Sí, san Pedro, otra vez yo. María me envía para que pida satisfacción, pues me habéis dado un asno que no produce más que estiércol. No nos sirve para nada.

El guardián del cielo se acarició la barba con mano distraída y luego dijo:

—Me extraña. Habrás hecho alguna tontería. Pero bueno, toma este mantel y no vuelvas a interrumpir mi sueño.

—¿Y qué haré con un mantel? —se quejó el granjero—. Ya no tenemos mesa, ni un triste cuenco en el que comernos la sopa. Lo único que nos queda es una olla.

—¡Hombre de poca fe! —gritó el santo—. Este mantel no es un mantel cualquiera. Cuando estés abajo, no tendrás más que decirle: «Mantel, colócate», y ya verás el resultado.

Cuando llegó al umbral de la puerta se dio media vuelta y le dijo:

—¡Se me olvidaba! No se lo cuentes a nadie, pues habría demasiados envidiosos. Y ahora, amigo mío, ve con Dios y saluda a María de mi parte.

Pedro volvió sobre sus pasos, con el mantel blanco debajo del brazo. Llegó a la posada y por la ventana vio la lumbre que ardía en la chimenea, un pollo asándose y una jarra de vino sobre la mesa. De repente se sintió agotado y decidió descansar un poco.

—¿Y bien —preguntó el posadero mientras le servía bebida—, te ha recibido el gran portero?

—Muy cordialmente. Incluso me ha regalado este mantel.

—¿Y para qué quieres un mantel si ya no tienes casa? Si quieres te lo compro. Se lo pondré al rey de Francia si alguna vez viene a comer a esta posada.

—Ni hablar. Es un mantel milagroso y puede dar buen resultado. Pero no le digas «Mantel, colócate», pues el gran san Pedro se enfadaría.

Pedro comió y bebió más de la cuenta. Después sintió sueño y el posadero le dijo:

—Te prestaré mi jergón[4] para que puedas dormir a pierna suelta.

Y Pedro durmió como un bendito, con el mantel puesto a modo de almohada. El posadero no tardó en oírlo roncar, se acercó a él sigilosamente, y tirando suavemente del mantel consiguió hacerse con él. Se lo llevó a la cocina, lo colocó sobre la mesa y murmuró las palabras prohibidas:

—¡Mantel, colócate!

Entonces el mantel se desdobló y en seguida aparecieron encima de él, de una punta a otra de la mesa, platos de oro y de plata, magníficos candelabros y aguamaniles[5] de cristal. Los platos estaban repletos de magníficos manjares. La llama de las velas se reflejaba en las jarras e iluminaba resplandores de rubíes.

El posadero encontró en el fondo de un arcón un mantel bien blanco que estaba sin estrenar. Lo enrolló y muy suavemente consiguió colocárselo al durmiente debajo de la cabeza.

A la mañana siguiente, le dijo:

—Me debes dinero, pero te fiaré. Si te haces rico, ya me pagarás la próxima vez que pases por aquí.

—¡De acuerdo! —dijo Pedro riéndose por lo bajo, pues estaba convencido de que no volvería a pasar.

Cuando llegó a la tierra, le dijo a su mujer.

—Mi buena María, vámonos al bosque, pues nuestros vecinos son demasiado curiosos. Sin

[4] Véase la nota 9 del capítulo III.

[5] Aguamanil: Jarro para echar agua en la palangana para lavar las manos.

duda alguna su presencia fue la causante de que fracasase mi primera demostración. Hay que actuar en secreto.

—¿Y qué traes? —le preguntó María.

—Ya lo ves: un mantel.

—¡Jesús, un mantel! Tu gran santo ha debido de perder la aureola[6] para atreverse a hacernos semejante regalo.

—¡Mujer de poca fe! No es un mantel como los demás. Te lo demostraré en un periquete.

Se adentraron en el bosque y llegaron a un claro en el que la hierba era suave y estaba toda florecida. Pedro dejó el envoltorio de tela en el suelo y miró a su alrededor para cerciorarse de que no los espiaba nadie. Cuando lo hubo comprobado, alzó la mano y ordenó.

—Mantel, colócate. Mantel, colócate. ¡MANTEL, COLÓCATE!

Por supuesto, no pasó nada. María estaba furiosa y el pobre Pedro se echó a llorar.

—¿Pero estás seguro de haber subido al Paraíso? —le preguntó zarandeándolo—. No me puedo creer que un santo tan importante que, según dicen, fue el primer papa y además apóstol de Cristo, se divierta engañando a gente como nosotros. Tienes que volver a subir allá arriba mientras la mata de habas siga verde, para que te dé una explicación.

—¡No volveré a subir! Prefiero mendigar por los caminos.

—¡Eso ya lo veremos! —replicó María.

[6] Círculo luminoso que suele figurarse detrás de las cabezas de las imágenes santas.

A empujones, lo condujo hasta el pie de la mata. El hombre volvió a trepar, apesadumbrado, y llegó a la puerta de la posada.

—¿Pero bueno, amigo mío, otra vez te ha salido el tiro por la culata? —le dijo el posadero con una risita—. ¿O es que vienes a pagarme la cuenta?

Una sospecha invadió la mente del labrador. Cuanto más triste estaba él, más alegre se ponía el posadero. Demasiada alegría era aquella para quien apenas tenía clientes. Además, su risa era un tanto chirriante.

Tal vez se tratara de un demonio, o del propio Satanás, colocado allí en aquel camino para gastarles bromas a los protegidos del gran san Pedro, que no era precisamente uno de sus amigos.

Las piernas le temblaban mientras subía hasta el Paraíso. Agarró la aldaba y dio tres golpes. Al tercero apareció el santo:

—Pero Pedro, infeliz, ¿otra vez tú? Vendrás a darme las gracias.

—¡Ay, santo patrono! Nada me gustaría más, pero sigo igual de desdichado. El burro no me dio más que excrementos y el mantel blanco no ha hecho nada, de nada. Mi mujer me manda para que os pida ayuda…

—Tendría que haber venido ella, pues es más lista que tú. Pero ya que estás aquí te haré un último regalo; pero ojo, he dicho el ÚLTIMO. Me has comprendido, ¿verdad?

Inmediatamente apareció en la mano del labrador un garrote.

—¿Un garrote, san Pedro? ¿Y de qué me he de defender, si los bandidos ya me lo han robado todo?

—Los bandidos de abajo, sí. Pero ¿y los del camino?

—¿Queréis decir que el posadero me ha robado los regalos? Ya me parecía a mí…

—¡Pues hay que ver lo que has tardado en darte cuenta! —dijo el gran portero.

—Sí, santo patrono, pero ¿qué puedo hacer? En el catecismo me enseñaron que hay que perdonar a los enemigos. Y que hay que poner la otra mejilla cuando te golpean la primera. Así las cosas, ¿qué he de hacer para desquitarme?

—¡Escúchame bien! —dijo el santo bajando los ojos—. Es cierto que a nosotros, los que adoramos a Cristo, no nos gusta la violencia, pero en fin, de vez en cuando…, un golpecito o dos en el lomo de alguien que se lo tenga bien merecido..., por aquello de la justicia, ¿sabes?

Volvió a abrir los ojos y se acarició la barba:

—Bueno, resumiendo, muchacho, detente donde el posadero. Prohíbele que diga: «¡Caray, mi bastón!», y ya verás el resultado.

—«¡Caray, mi bastón!», no lo olvidaré.

—Acuérdate también de no abusar de los poderes mágicos de estas sencillas palabras. Ve en paz, hijo mío, y sé un buen cristiano.

Pedro se lo prometió y se marchó.

Cuando llegó a la posada, encargó una buena cena y, para poder comer a sus anchas, dejó el garrote en un rincón de la cocina. El posadero le dijo en tono desdeñoso:

—Pues vaya si es tacaño tu santo patrono. ¿Acaso se ha arruinado, para no poder darte más que un mísero palo?

Pedro contestó con la boca llena:

—Bueno, será un palo, pero es un palo especial. Siempre y cuando nadie le diga: «¡Caray, mi bastón!», pues el gran san Pedro se enfadaría mucho.

A continuación, fingió beber mucho y quedarse dormido sobre la mesa, con la cabeza entre los brazos; sus ronquidos habrían podido oírse desde la raíz de la mata de habas hasta la puerta del Paraíso.

El posadero no pudo aguantar más; se acercó al garrote y susurró las palabras prohibidas:

—¡Caray, mi bastón! ¡Caray, mi bastón!, ¡Caray, ay, ayayay!

El posadero corría de acá para allá protegiéndose la cabeza con las manos y doblando el espinazo[7] mientras el garrote lo sacudía de lo lindo. ¡Y zas, ,zas, zas, dándole al ladrón!

Pedro, que estaba bien despierto, contemplaba la escena sin apresurarse a intervenir.

—¡Detenlo! ¡Para! —suplicaba el posadero sin dejar de dar saltos por toda la sala—. Estoy molido, roto.

—¿Me devolverás el burro de san Pedro?

—Está ahí al lado, en la cuadra. ¡Ay, ay, ay! ¡Por compasión!

—¿Me devolverás también el mantel?

—Está en el fondo de ese gran arcón.

[7] Columna vertebral.

—¡Sigue, pero despacio! —le dijo Pedro al garrote.

Recuperó el burro y el mantel mientras el palo seguía persiguiendo al posadero que levantaba los brazos para protegerse.

—¡Para, garrote! —le ordenó Pedro—. Y tú, ladrón, no vuelvas por aquí.

Y se marchó con sus regalos.

Pedro se compró un castillo y se hizo tan rico que María le dijo:

—Marido, no es justo. Vivimos en la opulencia[8] mientras otros se mueren de hambre. Hay que pensar en los que sufren, pues de lo contrario el gran santo no estará contento.

Pero tantas riquezas habían corrompido a Pedro, que se daba aires de gran señor. Tenía un ejército de criados y se había rodeado de cortesanos[9] que no cesaban de adularlo de la mañana a la noche. Comía como un ogro y bebía como un pozo sin fondo sin preocuparse por los necesitados.

—¡Tu alma irá al infierno! —le advertía María.

Él se limitaba a reírse, y un buen día María lo abandonó. Regresó a su pueblo, donde, con la ayuda de los vecinos, reconstruyó la alquería[10] que le habían quemado. Y se dedicó a cultivar su huertecillo.

Entonces, Pedro se sumió en la melancolía. Tenía tantas cosas que ya no le apetecía nada. Se

[8] Gran riqueza. Abundancia.
[9] Palaciegos que sirven en la corte.
[10] Casa de labranza. Granja.

aburría tanto que se volvió insoportable. Reprendía a los criados y el garrote no descansaba ni un minuto.

San Pedro oyó los gritos de los apaleados y, asomando la nariz por encima de una nube, vio la conducta de Pedro y se disgustó mucho.

A partir de aquel día, el burro dejó de cagar oro y plata, el mantel milagroso ya no se cubrió de manjares y el garrote se rompió, y quedó inservible.

Los criados y los cortesanos abandonaron a Pedro. Primero se puso furioso, pero luego lloró a lágrima viva. Finalmente se puso en camino y partió en busca de María.

Ella lo recibió delante de la alquería y no le hizo ningún reproche, aunque ganas no le faltaban. Pero se apiadó de él y le dijo:

—Siéntate delante del fuego que te voy a hacer la cena.

—¿Y qué has preparado, mi buena María?

Y ella contestó riéndose:

—¡Potaje de habas, por supuesto!

VI

La noche del hombre lobo

A finales del siglo X, abundaban los hombres lobo. Algunos de ellos lo eran por haber cometido una falta grave; otros, según se contaba, porque debían pagar por la de un antepasado. La maldición caía sobre cuatro o cinco generaciones de una misma familia.

El pobre de Guillermo no había cometido ningún pecado, o al menos ninguno grave. No tenía forma de saber cuál de sus antepasados había cometido algún crimen o jurado en falso, pues había sido un niño expósito[1]. Nadie en el pueblo conocía a sus ascendentes[2], pero todo el mundo sabía que era un hombre lobo.

De día era leñador, pero por la noche salía a vagar por los campos a la hora a la que los demás se iban a dormir, cosa que no era nada normal, sobre todo en aquellos tiempos en los que abundaban los salteadores de caminos, las fieras y las brujas.

El pobre Guillermo habría preferido quedarse en la cama. De vez en cuando lo hacía. Pero algunas noches, sin saber por qué, sentía como si una fuerza diabólica entrase en su choza, obli-

[1] El que, recién nacido, fue puesto en un paraje público o dejado en la inclusa.
[2] Miembro de la línea familiar de un individuo anterior a él.

gándolo a salir. Y entonces iba corriendo hacia la Fuente de la Piedra, un manantial de agua clara que brotaba de la tierra, en un valle, entre unas piedras agujereadas. Las viejas contaban que el mismo Satanás iba a bailar allí y horadaba[3] las piedras con sus pezuñas.

Cuando Guillermo llegaba a la fuente se desnudaba de la cabeza a los pies, se arrodillaba en la orilla y lamía el agua como un animal. En cuanto había bebido un poco y mojado su barba, el cuerpo se le cubría de una magnífica piel de lobo, le salían garras y colmillos y sus orejas se afilaban.

Transformado de aquella manera, salía a recorrer los campos y los bosques. La Fuerza lo obligaba a atravesar siete parroquias y a darle la vuelta a siete campanarios aullando para que la gente se estremeciera en la cama.

Una vez recorridas las siete parroquias, tenía que regresar a la Fuente de la Piedra antes de que cantara el gallo, pues de lo contrario perdería su parte humana y se convertiría en un lobo común. Por eso no tenía tiempo que perder.

De día, Guillermo era un buen muchacho. Tenía un corazón tan tierno que incluso pedía perdón a los árboles antes de hincarles el hierro de su hacha. Y recogía a los pajarillos que se caían del nido.

Pero como hombre lobo era feroz. Durante sus locas correrías de pueblo en pueblo, degollaba corderos, reventaba perros y devoraba gallinas. El Demonio lo empujaba a ello.

[3] Horadar: Agujerear alguna cosa de parte a parte.

Cuando al despertarse por la mañana encontraba en los rizos de su barba restos de plumas todavía ensangrentadas, sentía un profundo remordimiento. Pero nada podía hacer: estaba maldito.

No obstante, el oficio de hombre lobo también tenía sus cosas buenas. Bien es cierto que, en aquellos tiempos inestables, pocos eran los que se aventuraban a salir por la noche. Sin embargo, a veces, algún campesino regresaba del mercado después de haber bebido más de la cuenta o algún mercader se perdía, o, incluso, alguna joven salía a escondidas a encontrarse con su amado. Guillermo, el lobo, los olía a todos a distancia. Se escondía y, cuando estaban a su alcance, se les echaba encima por la espalda y, rodeándoles el cuello con sus peludos brazos, les hincaba los talones en los costados, ladrándoles al oído:

—¡Llévame a caballito! ¡Llévame!

Por mucho que los infelices protestaran, pidieran ayuda, invocaran a todos los santos, era inútil: tenían que correr por las parroquias con aquel peso a sus espaldas. ¡Arre! ¡Arre!

Por la mañana, como es natural, estaban exhaustos, a veces medio muertos, y sus familiares les preguntaban:

—Pero ¿qué has estado haciendo?

—¡Ay! No te enfades, pero he tenido que llevar a caballito al hombre lobo.

Algunas noches, la maldición se convertía en placer. Eran las noches (demasiado escasas) en las que el hombre lobo se cruzaba en su camino con alguna damisela.

Falto de ternura en su vida humana, Guillermo era un hombre lobo muy cariñoso. Por supuesto, obligaba a la joven a llevarlo a caballito, pero mientras esta caminaba, agotada por su peso, él la animaba jugando con sus trenzas y acariciándole la nuca.

Por la mañana, la bella joven regresaba a su casa tambaleándose, toda despeinada y con la falda sucia. Su madre le cruzaba la cara con una bofetada:

—Pero ¿qué has estado haciendo?

—Madre, no os enfadéis, he tenido que llevar a caballito al hombre lobo.

Al amanecer, Guillermo se despertaba solo en su cama y, de no haber sido por los cabellos largos que quedaban prendidos en su barba, habría pensado que todo había sido un sueño.

Un buen día, empezó a correrse la voz de que se acercaba el fin del mundo. Toda la parroquia del leñador fue presa del pánico. La víspera del año 1000 todos los habitantes, con el cura a la cabeza, desfilaron por la noche en una larga procesión. Aquellos infelices lloraban y se golpeaban el pecho, entonaban cánticos y suplicaban a Dios que los acogiera en el Paraíso.

Guillermo estaba esperando en la puerta de su casa cuando pasaron por delante. Si es que había que morir, cuando el fuego del cielo cayera sobre su cabeza, él prefería estar en compañía humana y no solo como una fiera.

Pero ni el cura ni sus convecinos le hicieron el menor caso. Incluso dieron un rodeo, pues, culpable o inocente, estaba maldito.

Guillermo los siguió a distancia murmurando la siguiente oración:

—Dios Todopoderoso, ya sabéis que no es culpa mía si soy un hombre lobo. Haced que esta noche, si es que es la última, la Fuerza maligna no venga a por mí. Mi corazón de hombre es tan puro como el de un niño.

Iba a decir «¡Amén!» cuando la Fuerza se apoderó de él: lo agarró, lo empujó, lo arrastró hasta la Fuente y le quitó la ropa. De rodillas, sobre la gran piedra agujereada como un queso, lamió el agua como si fuera un perro y le salió la piel de lobo.

A pesar de su desánimo, se dijo:

«Esta noche no es como las demás. Cuando atraviese las siete parroquias no veré a un solo ser humano, ni viejas, ni campesinos, ni mercaderes, ni jovencitas corriendo a una cita de amor. Todos estarán en las iglesias o en la procesión, o resguardados en lo más hondo de sus cuevas. Esta vez nadie, nadie tendrá que cargar conmigo. Tal vez la maldición sea un poco más ligera».

Sin embargo, por simple costumbre, retorció el pescuezo a dos o tres gallinas y degolló unos cuantos corderos. Entre tanto, corría de pueblo en pueblo con su largo y silencioso paso, sin cruzarse con un alma. La luna, que apareció entre dos nubarrones, proyectaba sobre las paredes de las casas la inquietante sombra de su hocico.

Cuando entraba en la séptima parroquia, cansado y con la lengua fuera, avistó cerca de la iglesia a un niño que lloraba muy bajito. Era un niño muy pequeño, pequeñísimo, pero un ser humano, al fin y al cabo.

La Fuerza gritó en su interior:

«¡Haz que te lleve a caballito! ¡Haz que te lleve a caballito!».

No tenía más remedio que obedecerle. Tomó impulso y se abalanzó sobre el pobrecito niño gritándole al oído:

—¡Arre! ¡Arre!

Al niño se le doblaban las rodillas.

—Señor hombre lobo, soy demasiado pequeño, ¿no se da cuenta?

¡Sí, claro que se daba cuenta! El Guillermo de día habría cogido al niño en brazos para protegerlo y acunarlo. Tal vez para adoptarlo, él que no se atrevía a tener niños por miedo a transmitirles la maldición.

Pero el Guillermo de noche era otra cosa. Descubrió sus colmillos ensangrentados y ordenó:

—¡Llévame ahora mismo o te devoro de un bocado!

El pobre niño irguió la espalda e hizo lo que pudo por aguantar. Estaba tan flaco que se le marcaba toda la columna vertebral. El hombre lobo se acomodó sobre el muchacho, pero iba muy mal montado y las patas delanteras le arrastraban por el suelo. Su montura iba dando tumbos de acá para allá, toda torcida.

—¡Más deprisa! ¡Más deprisa! —le ordenó.

—Hago lo que puedo —contestó el niño.

Dio unos pasos y al cabo se cayó; el hombre lobo estuvo a punto de rodar por el suelo. En cuanto se incorporó, se inclinó sobre su víctima. El niño yacía como si estuviera muerto, con los brazos en cruz y los ojos cerrados.

—¡Eh! Levántate y llévame hasta la fuente. Ya es hora de ponerse en marcha, que está a punto de amanecer.

Empujó al niño con su garra, pero el pobrecillo ni se movió.

—¡Maldita sea mi suerte! —gruñó el hombre lobo—. Mira que no encontrarme más que con una persona, y que tenga que ser este inútil. Habría sido mejor que hubiese corrido solo.

De repente tuvo una idea genial:

«¿Y si me lo llevara para devorarlo en la Fuente mientras espero a que cante el gallo?, tengo tal agujero en el estómago».

Levantó al niño para cargárselo a la espalda, colocando los brazos del chiquillo alrededor de su cuello. Iba atravesando la séptima parroquia a la velocidad del rayo, pero se daba cuenta de que a la Fuerza no le gustaba nada aquel arreglo. Coceaba dentro de él como un demonio y no paraba de meter cizaña[4]:

«¿Habráse visto semejante ridículo? ¡Un hombre lobo cargando con un hombre! ¡Esto sí que ese el mundo al revés! En el infierno se van a partir de risa».

«¡Es un hombre mínimo! —trató de justificarse Guillermo, que en el fondo estaba encantado con su carga—. Es tan ligero como una pluma y casi ni lo siento».

[4] Malmeter, crear riña.

«¡Sacúdetelo de encima ahora mismo, o tendrás que vértelas conmigo!».

Entonces, comenzó una extraña lucha. La Fuerza levantaba obstáculos por doquier: en medio de los caminos aparecían zarzas, caían árboles y se cerraban cepos, poco les faltó para ser aplastados, pero milagrosamente consiguieron librarse de todos ellos.

Sin embargo, casi no podía respirar porque los brazos del niño se iban cerrando cada vez más sobre su cuello. Además, le distraían una mejilla que rozaba la suya y una voz distinta, infinitamente suave, que le murmuraba al oído:

«¡Llévalo, Guillermo! Te ganarás el cielo».

Entonces corrió como un desesperado. Corrió tan deprisa que el niño se cayó. Tuvo que frenar con las cuatro patas y recorrer a toda velocidad el camino en sentido inverso. El niño apenas respiraba.

«¡Acaba con él! —le decía la Fuerza—. Por su culpa te estás retrasando. Está amaneciendo, el gallo no tardará en cantar».

El hombre lobo se inclinó sobre el niño, con los ojos relucientes como teas. De la garganta le salían unos gruñidos sordos.

Y el Otro aullaba en su interior:

«¡Mátalo! ¡Mátalo! ¡Vamos!».

«Es que nunca he..., aparte de las gallinas y los corderos, nunca he…».

«¡Déjalo entonces! Ya reventará solo. ¡Vamos, date prisa! Se está haciendo tarde».

En aquel instante los párpados del niño palpitaron, abrió los ojos, y suspiró:

—¡Guillermo, amigo mío, llévame, no me dejes!

Al oír aquellas palabras, el lobo abrió las fauces, dejando al descubierto sus colmillos blancos y sus morros color caoba. Olisqueó al niño. Le dio la vuelta empujándolo con el hocico y, colocando sobre él su agresiva garra, mordió los harapos y lo levantó con cuidado.

«¿Te has vuelto loco? —bramó la Fuerza—. Por última vez te ordeno que...».

Pero el hombre lobo ya estaba lejos. Alargaba las patas dando unas zancadas prodigiosas, pasaba volando por encima de los obstáculos sin que el niño llegara a tocar el suelo. Otra Fuerza lo empujaba.

La Fuerza maligna gritaba:

«¡Espérame! ¡Espérame!».

Sin dejar de correr, él repetía:

«¡Déjame en paz! Tengo que llevar a ESTE AMIGO».

Llegaron a la Fuente cuyas aguas discurrían apaciblemente entre los guijarros. Las ropas del leñador yacían amontonadas sobre el brocal.

—¡Déjame encima de tus ropas! —le ordenó el niño.

En el instante en que tocó aquellos harapos de Guillermo, brotó de ellos una luz. En medio de aquel fulgor, el niño resplandecía como el sol.

—¡Atrás! ¡Atrás! —gritó la Fuerza al llegar—. ¡Esta Fuente es mía!

Y el niño contestó:

—Querrás decir que era tuya. Acabo de librarla de la maldición.

Entonces empezó a elevarse en el aire y Guillermo se dio cuenta de que era un ángel, con un rostro tan hermoso y una túnica tan blanca que quedó deslumbrado. Ya no se acordaba de que tenía que cambiarse de piel.

—¡Deprisa, vístete! —le dijo el ángel—. No tengo poderes para detener el sol, ni para impedir que cante el gallo.

Dicho y hecho. En cuanto Guillermo se puso sus harapos, recuperó su aspecto humano. ¡Por los pelos! En la colina vecina, un gallo cantaba a voz en cuello.

La Fuerza aulló de rabia y desapareció inmediatamente. ¡Arre! ¡Arre!

—¡Ya no volverá! —le dijo el ángel con dulzura—. Te has ganado la paz en la tierra y más adelante en el Cielo.

El pobre leñador cayó de rodillas para darle las gracias al ángel, pero este empezó a brillar con tal fulgor que Guillermo tuvo que cerrar los ojos. Cuando pudo abrirlos de nuevo, en el agua de la fuente no quedaba más que el reflejo dorado del sol naciente.

El que fuera hombre lobo se lavó la barba y se marchó con paso ligero en dirección a su casa.

Por el camino se cruzó con la procesión de los parroquianos que gritaban y cantaban y bailaban como cabras bajo los estridentes sones de la música.

—Ha llegado el año 1000 y estamos vivos. ¡Aleluya! ¡Aleluya!

El cura se acercó, con una sonrisa de oreja a oreja.

—¡Ven a bailar con nosotros, Guillermo!

Y añadió haciéndole un guiño:

—Si no estás demasiado cansado…

Los parroquianos se echaron a reír y las muchachas se decían mirando al leñador que era una pena que fuera un hombre lobo, pues habría podido ser un buen marido.

Pero él les dio los buenos días y se fue a casa. Primero comió, pues estaba hambriento; luego, hizo un hatillo[5] con sus modestas ropas, se echó el hacha al hombro y, sin molestarse en cerrar la puerta, volvió a recorrer las siete parroquias en las que las campanas tocaban al vuelo como si fuera domingo de Resurrección.

Caminó durante tanto tiempo que, llegó a una comarca en la que no conocía a nadie y en la que nadie lo conocía a él.

Allí encontró trabajo y a una mujer de su agrado. Tuvieron diez hijos, y ninguno de ellos fue hombre lobo.

[5] Pequeño hato, envoltorio que contiene ropa y otros objetos de uso corriente.

VII

El fantasma del año 1000

Érase una vez un mezquino caballero llamado Ademar, señor de Cortahierro, que no temía ni a Dios ni al diablo. Tenía aterrorizados a sus criados, a sus vecinos y a toda su familia.

Poco antes del año 1000, en la semana de Cuaresma, se comió, en una apuesta, tres ristras de morcillas y se murió de indigestión.

Le pusieron su pesada armadura y lo enterraron con su espada bajo una losa de piedra, la más pesada que pudieron encontrar.

Al cabo de tres días, Ademar se despertó. Su espíritu salió de su cuerpo mortal, atravesó el granito, subió al cielo, cruzó las nubes y llegó a las puertas del Paraíso.

—Pero bueno —le dijo san Pedro—, ¿cómo te atreves a venir a llamar a mi puerta? Un hombre como tú, que nunca ha querido a nadie y que ha cometido los peores pecados. Desde luego, ¡qué cara más dura tienes!

Con voz sepulcral, Ademar le contestó:

—Creía que no tenía alma y no pensaba que sobreviviría a la muerte. Si no, ya habría tomado algunas precauciones, como os podéis imaginar. Pero, si todavía estoy a tiempo de arrepentirme…

—¡Demasiado tarde! —lo interrumpió san Pedro dándole con la puerta en las narices.

Cortahierro fue flotando hasta el Purgatorio. Vio a una muchedumbre que se agolpaba delante de la entrada.

—¡A la cola, como todo el mundo! —le gritaron con rudeza.

—¿Yo, hacer cola como un villano?[1] ¡Todavía está por ver que me puedan obligar a ello!

Quiso colocarse al principio de la fila, pero una extraña fuerza le impidió avanzar. Caminaba, caminaba, pero seguía clavado en el mismo sitio. Oyó unas risitas:

—¿Dónde se creerá que está este bravucón de tres al cuarto? Aquí, señor mío, los privilegios ya no existen.

Y efectivamente, vio a un rey que seguía llevando puesta su corona al lado de una pordiosera, que a su vez estaba al lado de un caballero, que a su vez estaba al lado de un siervo flaco como un palo, que a su vez estaba al lado de un cura regordete, que a su vez…

De repente, Cortahierro se sintió presa del vértigo, como si fuera a caer al vacío. Solo le quedaban dos soluciones: esperar, como todo el mundo, o negarse a ello y bajar al Infierno.

Y bajó al Infierno.

Todavía atontado por la caída, se encontró al pie de una muralla que le recordó la de su castillo, aunque esta era más siniestra y más gruesa. Un humo amarillento y pestilente sumía el lugar

[1] Vecino del estado llano en una villa o aldea, a distinción de noble o hidalgo.

en la penumbra. Un ruido sordo y continuo hacía que el suelo, de color carbón, se estremeciera. Sobre el portalón de hierro se balanceaba un cartel sobre el que aparecían escritos unos signos incomprensibles.

Ademar sintió la tentación de regresar al Purgatorio, aunque tuviera que hacer cola como los demás. Pero su orgullo lo retuvo. Hizo acopio de valor y gritó varias veces:

—¡Ah del castillo!

Al cabo de un buen rato, apareció un demonio armado con un tenedor. Le señaló el cartel y le preguntó bruscamente:

—¿Es que no sabes leer?

—¡Cielos, no! ¿Para qué, si soy un noble caballero?

El demonio soltó una risita y dijo:

—Aquí no eres más que un bobo ignorante.

Y señalando una a una con la garra aquellas torcidas letras, leyó:

—C-O-M-P-L-E-T-O... COMPLETO. ¿Comprendes? No queda sitio para ti.

—¿Qué no queda sitio? Pero si…

—Vuelve dentro de un par de siglos, cuando hayamos terminado las obras de ampliación. Mi amo, Satanás, tiene grandes proyectos.

Cortahierro balbuceó:

—¿Y mientras tanto adónde voy?

—¡Yo que sé! Al Purgatorio.

—De ahí vengo precisamente. Pero hay que hacer una cola espantosa y colocarse al lado de unos villanos que se creen que pueden codearse conmigo.

COMPLETO

—Pues entonces acércate a ver al Paraíso.

—Ya estuve allí, y me recibieron fatal. San Pedro me dijo que tenía demasiados pecados.

El demonio ya estaba cerrando la puerta, pero al oír aquellas palabras se lo pensó mejor y preguntó:

—¿Y qué clase de pecados has cometido?

—Pecados de toda clase, desde luego. He robado, matado, traicionado a mis vecinos. Le di una tunda imponente a mi mujer porque solo me había dado un hijo, un tal Berenguer al que desprecio profundamente. Odio también a mi nuera, una tal Leonor, y ni me acuerdo del nombre de sus hijos. No los quiero, jamás he querido a nadie. Mi único deseo era inspirar terror.

—¡Perfecto, perfecto! —dijo el demonio con una sonrisa que descubrió sus afilados dientes.

—¡Y eso no es todo! —prosiguió Cortahierro—. Renegué del bautismo y del nombre de Jesucristo. Saqueé iglesias y arrasé monasterios. Comí carne los viernes, incluso durante la Cuaresma. Y he muerto sin confesarme.

Bajó la mirada con modestia y añadió:

—No tengo ningún mérito. Creía que Dios no existía. De lo contrario, por supuesto, me habría arrepentido a tiempo.

El demonio, encantado, se frotó las garras.

—¡Y además, hipócrita! No cabe duda, eres perfecto. Lamento de verdad no poder dejarte pasar. Pero es que el Infierno está lleno, sí, completamente lleno, y estarías demasiado apretado. Déjame tu dirección y te llamaré en cuanto hayamos terminado las obras.

Ademar sugirió:

—¿Y por qué no echáis ahora mismo a unos cuantos huéspedes de menor rango y valor que yo?

—¡Imposible! —contestó el demonio—. En el Infierno se entra, pero lo que es salir de él, no se sale nunca.

Y al ver que Cortahierro bajaba tristemente la cabeza, el demonio se apiadó de él y le dijo:

—Escucha, te voy a dar un buen consejo. Puesto que eres un alma en pena, un fantasma sin cuerpo, un ectoplasma[2], como se suele decir, a la espera de que quede un sitio libre, deberías de habitar tu propio castillo.

Ademar dio un respingo:

—¡Para volverme a encontrar con las mismas caras, con mi hijo, mi nuera y sus enanos!

—¿Cómo que volverte a encontrar? ¿Acaso no te has enterado? Tus hijos se han marchado con su guarnición de soldados y sus criados para refugiarse en un monasterio e implorar la misericordia divina.

—¿Implorar la misericordia divina...? ¿Por mis pecados?

—No, idiota, por los suyos. El día de tu funeral se enteraron de que se acercaba el fin del mundo. Y les entró tal pavor que entregaron a los monjes todo lo que poseían con la esperanza de conseguir un buen sitio en el Paraíso.

Ademar se puso fuera de sí:

[2] Supuesta emanación material de un médium (persona con facultades especiales que le permiten comunicarse con los espíritus) con la que se dice que se forman apariencias de fragmentos orgánicos, seres vivos o cosas.

—¿Que les han entregado QUÉ? ¿Mi dinero, mi reluciente oro y las joyas que robé con el sudor de mi frente? ¿Y las provisiones escondidas en los sótanos?

—Tu castillo está tan vacío como una nuez seca. Amigo mío, serás el único patrón a bordo.

Cortahierro preguntó con la boca abierta y los ojos como platos:

—¿Y se va a acabar el mundo?

—¡Pues claro que no, imbécil! Eso son cuentos de viejas. El mundo seguirá igual y todos esos gallinas regresarán a sus casas, a menos que se mueran del propio miedo, claro. ¡A veces son tan estúpidos!

Luego añadió:

—Te dejo, mi amo me espera para que avive el fuego.

El señor de Cortahierro se quedó solo en medio de la corriente. No tenía más remedio que marcharse. Desplegó sus brumas grises y atravesó como un rayo los grandes espacios misteriosos. Cuando avistó el torreón de su castillo, estaba anocheciendo.

El diablo portero no había mentido. Todo estaba desierto y en silencio. No había nadie en el camino de ronda[3], ni en el embarrado patio que solía estar lleno de criados, criadas, gallinas y cerdos. Nadie en la sala de armas de la planta baja, nadie en el segundo piso, ni en la habitación situada en lo alto del torreón.

Daba la sensación de que un huracán se lo ha-

[3] El camino exterior e inmediato a la muralla de una fortaleza o contiguo al borde de la misma.

bía llevado todo: los baúles de ropa, los colchones, las cortinas..., y hasta el telar en el que bordaba Leonor. Solo había quedado olvidado un gorro de lana azul sobre uno de los bancos de piedra tallados en la pared bajo la estrecha ventana. Cortahierro se acordó que era el de su nieta, la que se llamaba Juana o María, o Margarita, ¡qué más daba! Una chiquilla estúpida que nunca decía nada y lo observaba tapándose la cara con el brazo y poniendo ojos de perro apaleado.

O sea que, efectivamente, todos se habían marchado.

—¡Que se vayan con viento fresco! —gritó a voz en cuello—. ¡Y, sobre todo, que no vuelvan nunca!

Luego vivió unos días de embriagadora felicidad, bajando y subiendo sin tener que utilizar las pesadas escaleras que, pasando por un agujero, comunicaban los tres pisos. Revoloteó alegremente por la terraza del torreón donde ahuyentó a unas chillonas cornejas[4]. Atravesó los muros para ir al sótano. Asustó a las arañas y sorprendió a las ratas, que escaparon chillando. Por las noches, se entretenía haciendo unos «¡uuuuh..., uuuuh!», que resonaban en las profundidades del castillo desierto.

Pero de repente se hartó. Las ratas que salían corriendo ya no le divertían. Habría preferido ensartarlas en su espada. Soñaba con aplastar a las arañas más peludas y con atrapar a una corneja para desplumarla.

[4] Aves de plumaje negro, pico robusto y voz característica.

Pero no tenía ninguna fuerza. El espectro de su espada no habría podido cortar ni un hilo. Se podía ver a través de su cuerpo y de su armadura. Una mañana, una corneja que huía lo atravesó de un lado a otro. ¡A él! Al señor de Cortahierro, que había sido tan fuerte como gordo y que atemorizaba a todos sus vecinos. Si hubiera podido verter lágrimas, habría llorado de rabia. Sin embargo, curiosamente, echaba de menos a su familia.

«Claro —se dijo—, eso es lo que me sentaría bien: en lugar de asustar a estos miserables bichos, debería de aterrorizar a mi hijo, a mi nuera y a sus retoños. Y también a los criados, ¿por qué no? Y a mis soldados, a los que formé para que fueran valientes, me encantaría verlos temblando de terror, sudando de miedo como cobardes y huyendo como conejos».

Se acercó flotando al gorro de Margarita o de María y pensó:

«Un fantasma no existe más que en la mente de los que lo ven. Necesito espectadores».

Ya no se apartaba de la estrecha ventana del torreón, y sus ojos de ultratumba vigilaban el camino día y noche. Al parecer, el mundo no había cambiado. Ningún manto de azufre había caído de las nubes, ningún ángel exterminador[5] había tocado la trompeta para anunciar el día del Juicio Final.

A pesar del viento frío y de los aguaceros, la primavera se acercaba sigilosamente. Al amane-

[5] Ángel que hirió de muerte a todos los primogénitos de Egipto cuando los hebreos salieron hacia la Tierra Prometida, según el libro del *Éxodo* (XII,33).

cer y al anochecer, el cielo se teñía de rosa y azul. Los rayos del sol atravesaban las nubes, rodeándolos de una aureola de oro fundido.

Ademar se preguntaba si todavía era marzo o ya principios de abril. Si era antes o después de Viernes Santo, antes o después del Domingo de Pascua. Había perdido la noción del tiempo. Como no sabía qué hacer, observaba el gorro azul. Y poco a poco se iba acordando de su nieta: las trenzas, los ojos, el brazo que colocaba delante de su rostro, como una niña que tiene miedo a que le peguen. Se llamaba María. Sí, María a secas, estaba seguro.

Luego trató de recordar los rasgos de su hijo y de la esposa de este, e incluso los del bebé, un niño llamado Cayetano, cuyos gritos antaño le molestaban sobremanera. A continuación, rememoró los nombres y los rostros de los criados, de las doncellas, de los mozos de cuadra, de las fregonas, hasta recordó los nombres de los caballos y de los perros.

Entonces pensó, la mar de contento:

«¡Se les van a poner los pelos de punta!».

Se imaginaba, apareciéndose de repente en la gran sala en la que se celebraban las cenas; los criados, asustados, dejarían caer los platos. También podría atravesar los muros haciendo unos «¡uuuuh..., uuuuh!» espantosos; las trenzas de las doncellas se pondrían de punta de terror.

Ni siquiera su hijo Berenguer y Leonor, la esposa de este, podrían dormir tranquilos, pues él flotaría sobre sus cabezas como un reproche permanente.

«¡Conque yo estoy muerto y vosotros vivos! ¡Conque le habéis dado a los monjes mi oro, mis joyas y mi ropa! ¡Conque sois jóvenes y os amáis! ¡Pues malditos seáis! ¡Malditos seáis!».

Cuando reflexionaba más sosegadamente, Cortahierro se decía:

«Cuidado, no hay que pasarse, pues, de lo contrario, lo mismo se vuelven a marchar y me quedo solo. Tendré que dosificar mis apariciones y no ser tan agresivo, convertirme para ellos casi en una costumbre, en una especie de distracción. Para que de vez en cuando se digan: "¡Anda, hoy no ha venido Ademar!", y me echen de menos. Que lleguen a necesitarme a mí como yo los necesito a ellos».

Sin embargo, pasaban los días y los árboles empezaban a florecer. La vida renacía por doquier. Cortahierro vio a unos campesinos que acudían al trabajo con la azada al hombro para preparar la siguiente cosecha. Luego avistó a unos cuantos viajeros, acaso comerciantes, que retornaban a sus antiguas tareas, o peregrinos, que iban camino de Compostela para dar gracias a Dios porque seguían vivos.

«En mis tiempos —pensó Ademar— habrían dado un gran rodeo para evitar mi territorio. Habrían temido los saqueos».

Ahora pasaban y escupían al suelo acordándose de él.

«¡Cuánto me odian! —suspiraba el fantasma—. Y seguro que mis hijos también me odian. Aborrecen mi recuerdo, no volverán al castillo».

Habría querido tirarse de los pelos.

«¿Qué haré? ¿Quedarme solo en este castillo abandonado que, poco a poco, se irá convirtiendo en una ruina? Si el diablo no termina las obras, lo mismo sigo aquí en el año 2000».

Un día, pensó:

«¡Y para qué querré yo al diablo si ya me he inventado mi propio Infierno!».

Entonces, desesperado, anduvo vagando como alma en pena. Subía, bajaba, atravesaba los muros, recorría los sótanos gritando unos «¡uuuh..., uuuh!» tan lastimeros que él mismo se asustaba de su eco. Temblaba, se estremecía y se estiraba todo lo que podía con la esperanza de disolverse en la nada.

Pero su fantasma era sólido y, a pesar suyo, volvía a formarse.

Un día, se refugió en el vano de la ventana y ya no se movió. Estaba contemplando el gorro azul, cuando unas ratas muertas de hambre empezaron a roerlo. Hizo unos esfuerzos extraordinarios por tratar de ahuyentarlas, pero aquellos hocicos puntiagudos se reían de él.

Cuando del gorrito de María ya no quedó más que una última hebra de lana azul, Ademar tuvo la sensación de que, roída la lana, también se desvanecían los rasgos de la niña, sus ojos, sus trenzas rubias adornadas con lazos.

Cortahierro se estremeció:

«¡Era encantadora! ¡Ojalá la hubiese querido!».

Nada más decirse aquellas palabras, oyó un alegre griterío, chirridos de ruedas, gruñidos de cerdos, mugidos de vacas, ladridos de perros...

Flotó a toda velocidad hacia la terraza del torreón y, por entre las cornejas, que se desperdigaban en el azul del cielo, avistó un largo cortejo de caballeros y caminantes, de carretas cubiertas con lonas y tiradas por bueyes, así como de animales de todas las especies.

A lomos de un corcel blanco, su hijo Berenguer, que encabezaba la procesión, tocaba la trompa[6] al tiempo que sujetaba con un brazo a su hijita, María, sin gorro azul. La niña reía a carcajadas, descubriendo las mellas de su dentadura.

Ademar vio que en la primera carreta iba sentada su nuera Leonor, más hermosa que nunca. Una rolliza nodriza que iba sentada a su lado llevaba en brazos al heredero del apellido.

Alrededor de ellos había una bulla de criados, doncellas, hombres a caballo y a pie, campesinos y campesinas, y niños cubiertos de harapos que habían acudido para celebrar el regreso de su señor y de su señora.

El solitario espectro no podía creerse lo que veían sus ojos. Nadie jamás le había dado a él semejante recibimiento. Cuando volvía de caza, o de las expediciones más o menos sangrientas, todos se escondían en su rincón, deseando más que nada pasar desapercibidos. De repente sintió el deseo de experimentar aquello: la alegría del recibimiento y los gritos de afecto.

Cuando el cortejo se disponía a cruzar el puente levadizo, se dirigió hacia el salón principal, pensando en las palabras que les dirigiría:

[6] Instrumento músico de viento, de tubo enroscado circularmente.

«Mirad para este lado. Soy vuestro padre y abuelo. He cambiado. Os quiero mucho y, si sois capaces, queredme vosotros un poco».

Pero se detuvo en el primer piso. De repente, se dio cuenta de que si veían aparecer su fantasma, justo cuando entraban al castillo, se asustarían y toda su alegría se desvanecería.

Fue a esconderse en un rincón del sótano. Desde allí pudo oír los ecos de una fiesta que todos los vasallos celebraban en honor de su hijo. Hasta su escondite llegaban el sonido nasal de una gaita y las alegres notas de un caramillo[7]. Le habría gustado participar en el baile.

Era ya tarde cuando el bullicio cesó. Entonces Ademar salió de su escondite. Se levantó tan lentamente como el humo de un fuego que se apaga. Atravesó la gran sala en la que los criados se habían quedado dormidos sobre unas gavillas[8] de paja. Se coló en el primer piso sin despertar a su hijo ni a la señora Leonor. Subió arriba del todo y durante unos instantes flotó por encima de la cuna, cerca de la cual roncaba la nodriza.

Finalmente, se detuvo ante de la cama de María y la miró con ternura. Pensar que antaño la asustaba y que, encima, disfrutaba con ello. Aun sabiendo que no le podía oír, le susurró:

—Hijita mía, perdóname. He sido muy malvado. Me arrepiento desde lo más hondo de mi corazón.

[7] *Gaita:* Instrumento músico de viento formado por una especie de odre, llamado fuelle, al cual van unidos tres tubos. *Caramillo:* Flautilla de caña, madera o hueso, con sonido muy agudo.

[8] Gavilla: Conjunto pequeño de sarmientos, cañas, mieses, etcétera.

Extendió hacia ella sus guanteletes[9] y, de repente, vio que se desintegraban. Pudo verse las manos, casi blancas, y se sintió tan ligero que echó a volar sin querer. Salió flotando del castillo y se halló vagando por el cielo.

Llegó al Paraíso.

El mismísimo san Pedro fue a abrirle la puerta y le preguntó:

—¿Cómo, otra vez tú? Te he reconocido a la primera, aunque se te ve un poco menos gris.

—Santo Padre, es que he cambiado mucho durante el tiempo en que he sido aprendiz de fantasma. He sufrido tanto que…

—Sí —repuso san Pedro—, estoy informado: has mejorado un poco. Pero en mi opinión, no lo suficiente para merecer una aureola. Así que vete a dar una vuelta por el Purgatorio, amigo mío, y vuelve a llamar a mi puerta cuando estés totalmente blanco.

Cortahierro se estremeció acordándose de la cola que había que hacer, y su orgullo se rebeló:

—Es que allí —protestó— hay gentes de toda clase y…

—¡Ves como todavía no estás preparado!

Y se dio media vuelta, cerrándole la puerta en las narices.

Ademar descendió al Purgatorio. Las almas en pena eran tan numerosas que apenas conseguía ver el final de la cola. Sin embargo, se arrastró hasta allí y, armándose de paciencia, se dispuso a esperar.

[9] Guantelete: Pieza de la armadura que cubre y defiende la mano.

VIII

El secreto de Batilda

El año 1000 acababa de empezar. Una mujer llamada Batilda, que había perdido a toda su familia y vivía de la caridad ajena, encontró refugio en una cueva, próxima a la de Gisbert, el brujo blanco.

La pobre se hallaba muy depauperada[1], pero, afortunadamente, Gisbert se portaba muy bien con ella. Cuando volvía de sus «viajes», nunca dejaba de pasar por delante de la cueva o, mejor dicho, de la madriguera, en la que vivía la mendiga. A pesar de que él mismo era muy pobre, siempre tenía algo para socorrerla. Cuando ella estaba triste, la consolaba lo mejor que podía, asegurándole que algún día —en el Más Allá, claro está— volvería a ver a sus seres queridos difuntos.

Ella le decía:

—Hablas como el señor cura. Sin embargo, dice la gente que no eres buen cristiano. Algunos incluso afirman que no lo eres en absoluto y que adoras a los dioses prohibidos.

—Adoro..., ¡todo esto! —le contestaba Gisbert.

[1] Debilitada, extenuada.

Y señalaba los árboles, la tierra húmeda del sotobosque[2], el arroyo que discurría cerca del peñasco al pie del cual se hallaban sus cuevas. Gisbert acariciaba la roca gris como si fuera la mejilla de un niño, y aseguraba:

—¡Todo esto es divino!

Batilda se santiguaba y en seguida cambiaba de conversación. Aquellas palabras la asustaban y a veces pensaba que el brujo blanco estaba un poco chiflado. A pesar de ello, lo apreciaba y confiaba en él.

Un buen día, le dijo:

—Gisbert, me ha ocurrido una cosa extraña de la que te tengo que hablar.

Gisbert no estaba de muy buen humor. Se afanaba en tallar un palo con una serpiente enrollada a su alrededor, pero no se sentía satisfecho del resultado, que estaba muy lejos de la perfección.

Irritado consigo mismo, le contestó con brusquedad:

—¡No soy tu confesor! ¿Por qué no vas al pueblo a hablar con el cura?

La contestación que le dio Batilda fue muy extraña:

—El cura está demasiado gordo. No podría pasar por donde quiero que pases tú.

Intrigado ante aquellas palabras, Gisbert la miró. Estaba roja de excitación, llevaba el gorro descolocado, el pelo alborotado y las manos, los pies y la ropa manchados de barro.

[2] Vegetación formada por matas y arbustos que crece bajo los árboles de un bosque.

—¿Te has caído por un barranco?

—No, no por un barranco —contestó ella— sino dentro de un hoyo. ¡Ay, Gisbert, ven, te lo suplico! Tienes que venir a ver lo que he descubierto. No te lo vas a creer.

—¿Pero qué es lo que has visto, mi pobre Batilda?

—Si te lo dijera pensarías que estoy loca. Deja esa escultura y ven conmigo ahora mismo.

Gisbert cedió a regañadientes. Guardó la navaja en una bolsa de cuero que siempre llevaba colgada de la cintura. Luego entró en la cueva para dejar su imperfecta obra, no sin antes suspirar profundamente. Fuera, la mujer se impacientaba:

—¡Date prisa, Gisbert! Y si tienes una vela cógela, porque el lugar al que vamos está muy oscuro.

Vela no tenía, pues era un lujo reservado a los señores. Sin embargo, sí le quedaban algunos cabos de vela que recogía donde los encontraba. Para poder prender las mechas, cogió una brasa del fondo de un cacharro.

Batilda iba casi corriendo por los peñascos que se erguían en aquel lugar.

—¡Te veo muy ágil! —le dijo Gisbert.

Ella no contestó. Al llegar a la altura de una amplia falla[3], se agarró a unas raíces y escaló hasta la cumbre. Gisbert hizo lo mismo pero protestó, con la lengua fuera:

—Pero bueno, ¿has descubierto oro o qué?

[3] Fractura, debida a movimientos geológicos, que interrumpe un terreno.

—No sé qué es lo que he encontrado —le contestó—. Tal vez lo sepas tú, que eres un poco brujo.

Lo agarró por la mano como si temiera que él fuera a echar a correr y lo condujo hasta una explanada en la que afloraba la roca bajo capas de tierra en las que crecían unos míseros robles.

Sin dejar de caminar, le explicó:

—Vine aquí a por leña. Iba de acá para allá pensando en lo mismo, siempre en lo mismo, ya sabes. De repente, el suelo se hundió bajo mis pies delante de aquel roble que por Pascua las tormentas arrancaron del suelo.

Señaló un agujero que, efectivamente, aparecía bajo un montón de tierra roja mezclada con raíces y sembrada de piedras de color claro. El árbol estaba al otro lado.

—Aunque traté de agarrarme, caí hasta el fondo. Seguramente grité, no me acuerdo. En cualquier caso, no tardé en dar con el lomo en el suelo; todavía tengo los riñones doloridos.

—Cualquiera lo diría, viéndote correr —comentó el brujo sonriendo.

—Es que estoy tan sorprendida que parece que tengo alas. Nada más caer, me levanté y alcé la mirada hacia la luz que me llegaba como si estuviera en el fondo de un pozo.

—Estarías asustada…

—¡Ya lo creo, querido vecino! Creía que me había caído a la madriguera de un zorro y tenía miedo de que me mordiera. Por eso traté de salir lo antes posible. Extendí los brazos a tientas y a mi derecha encontré una roca abombada que era demasiado lisa para agarrarse a ella. En cambio a mi izquierda colgaban unas raíces. Me disponía a asirme a ellas cuando, en el fondo del agujero, avisté otra abertura más oscura aún. Como me había acostumbrado a la penumbra de aquella trampa, me di cuenta de que era la boca de un pasillo que excavaba la tierra.

—Y entonces —interrumpió Gisbert— descubriste una de esas grutas en las que la naturaleza obra maravillas, hermosos lagos y colgantes.

—¡Que no, hombre, déjame acabar! —dijo la mujer—. Delante de aquel abismo oscuro, sentí aún más miedo. Podía ser la madriguera de un oso o una de las puertas del Infierno. Me temblaban las piernas. Quise rezar, pero no me salían las palabras. Entonces, querido vecino, pensé en ti.

—¿Ah sí? ¿Y eso por qué? —preguntó Gisbert.

—Por la roca que tenía a mi derecha y contra la que estaba recostada. Me pareció verte acariciándola con la punta de los dedos. Me pareció oírte decir que las propias piedras tienen vida y que una fuerza habita en su interior. Y no sé por qué tuve la impresión de que aquello era cierto. Sentí el impulso de tocarla con la frente. Y así fue como descubrí...

Tuvo que recuperar el aliento y el brujo se impacientó:

—¿Y bien? ¿Qué viste? ¿Lo vas a decir de una vez, vieja charlatana?

—¡Una hermosa vaca! —contestó Batilda—. Una vaca roja con un ojo negro.

De primeras, Gisbert no contestó nada. A lo largo de su experiencia como curandero y brujo había oído a mucha gente delirar. Unos habían visto a Satanás en persona, otros, ángeles, otros, hadas, e incluso algunos afirmaban que habían tenido que llevar a cuestas al hombre lobo. Pero nunca nadie había visto una vaca, ni gorda ni roja, ni de otras características.

—Te habrás golpeado la cabeza con una piedra demasiado afilada —murmuró al fin Gisbert con voz de compasión—. Habrá que echarte un vistazo y curarte. Volvamos a casa, mi pobre Batilda…

—¡Conque piensas que estoy loca! —gritó ella furiosa—. Pues te aseguro que vi esa vaca roja, maravillosamente puesta ahí sobre la roca..., como..., como…

Por fin dio con las palabras que buscaba:

—Como los santos en las paredes de la iglesia, con líneas y …

—¿Quieres decir pintada..., dibujada?

—Sí, exactamente, dibujada sobre la piedra. Y tan bien dibujada que parecía que fuera a echar a correr.

Y, agarrando a Gisbert por el delantero de sus ropas, añadió:

—Tienes que bajar a verla, pues de lo contrario seguirás pensando que miento.

Gisbert se asomó al agujero, del que salían unas raíces oscuras.

—¡Voy yo delante! —decidió Batilda.

Gisbert se dejó caer detrás de ella. Primero no acertó a ver nada, pero, poco a poco, sus ojos se acostumbraron a la penumbra y la vaca apareció delante de él, sobre la pared de piedra caliza amarillenta.

Descubrió lleno de asombro sus largos y afilados cuernos, su ojo negro, sus ollares[4], su abombada panza y sus finas patas de pezuña hendida. El conjunto, color arcilla, estaba delineado con un delicado trazo negro.

Batilda dijo triunfante:

—¿Sigues pensando que soy una mentirosa?

El brujo blanco se había quedado mudo.

¡Una vaca! ¡Allí, en el fondo de la tierra! Escondida bajo un montón de piedras y raíces, a los pies de un roble al menos dos veces centenario. ¡Una vaca DIBUJADA! ¿Quién la habría dibujado? ¿Y por qué?

Batilda lo dejó sumido en sus pensamientos y subió a la superficie para bajar las brasas. Encendieron los cabos de vela y alzándolos, avanzaron con prudencia.

Se adentraron por el pasadizo, un estrecho túnel de suelo irregular que estaba ligeramente cuesta abajo, y allí, a su alrededor, en las paredes y en el techo, aparecieron otros dibujos. Vacas rojas, vacas amarillas, caballitos de patas peludas, manos, puntos, rayas que formaban cuadrículas, más manos, más vacas, más puntos y más caballos.

Temblando de emoción, llegaron a una sala cuyas paredes y techo estaban totalmente cubiertas de pinturas. Además de las vacas y los caba-

[4] Orificios de la nariz.

llos, se veían también ciervos y jabalíes, algunos lobos, unos cuantos osos y un toro enorme ribeteado de negro, sin duda, el rey del grupo.

Aparte de aquellos animales conocidos, Batilda y Gisbert descubrieron otros que no les eran familiares. Una especie de bovinos, como encogidos, encorvados, con una gruesa frente y perilla. Extraños felinos de hocico cuadrado. Monstruos de largo pelaje y enormes defensas arqueadas, provistos de una jeta larguísima.

En un rincón aparecía incluso un animal fabuloso, bastante parecido a un caballo, pero de cuya testuz salía un único cuerno retorcido, largo y afilado como un huso[5]. Su ojo almendrado parecía avivarse a la luz de las velas.

—¡Esto es obra de las hadas! —suspiró Batilda santiguándose con fervor—. ¡A menos que sea obra del diablo!

En cuanto a Gisbert, se había quedado mudo y lloraba, inmóvil. Las lágrimas corrían por sus arrugadas mejillas y caían por su barbilla.

—Vámonos —le dijo Batilda—. Estos bichos me asustan, y a ti también, mi pobre Gisbert.

Se dejó arrastrar hasta la entrada de la cueva y, entre las lágrimas y la parpadeante luz de las velas, le parecía que los caballos y las vacas iban corriendo por el pasadizo en una especie de cabalgada...

—¡Dios mío..., qué espantosa es! —repetía Gisbert, acordándose de la serpiente sin gracia que pretendía esculpir en el palo, mientras que a

[5] *Testuz:* En algunos animales, frente, parte anterior de la cabeza. *Huso:* Instrumento para torcer y arrollar, en el hilado a mano, el hilo que se va formando.

su alrededor, en las profundidades de la oscura tierra, unos seres, hombres o espíritus, habían realizado, con un fin desconocido para él, una obra de arte digna de los dioses.

Su emoción era tal, y su desazón tan grande por no ser capaz de imitarlos, que se sentía desfallecer. Batilda tuvo que ayudarle a salir del agujero.

Cuando por fin lograron salir, se sentaron sobre el tronco seco de un viejo roble. Mientras Gisbert se secaba las lágrimas, su vecina le preguntó:

—Y bien, ¿qué te parece todo esto?

—Todavía no lo sé —le contestó—, he de reflexionar.

Gisbert se levantó y caminó, con la cabeza baja, hasta la entrada de su refugio. No había abierto la boca en todo el trayecto. La buena de Batilda estaba muy preocupada. Al llegar le dijo:

—Hemos de hablar con el cura. Sin duda aquello debe de ser obra del demonio. Tal vez tendríamos que acudir en procesión, con cirios y agua bendita para exorcizar[6] a los espíritus malignos.

El brujo se estremeció.

Se imaginaba la ceremonia: el cura, sus acólitos, el señor del lugar con toda su parentela[7], sus soldados y criados, los habitantes del pueblo y de las aldeas de los alrededores, todos los curiosos de la región.

[6] Usar conjuros (exorcismos) contra el espíritu maligno.

[7] *Acólito:* Clérigo que ha recibido la orden que le faculta para servir al sacerdote en el altar; con sentido irónico, acólito, es el que sigue o acompaña constantemente a otro. *Parentela:* Conjunto de todo género de parientes.

Agrandarían el agujero de acceso y entrarían en el estrecho pasadizo de la cabalgada de animales. El humo de los cirios y de las antorchas ennegrecería las paredes y los techos. Las botas de los ricos y los zuecos de los pobres harían que se hundiera el suelo arenoso. Con sus navajas y espadas rascarían las pinturas para ver de qué estaban hechas o, sencillamente, por afán destructor. Los más graciosos harían estúpidos garabatos sobre las siluetas de los animales. Toda la cueva quedaría manchada. Y así, destruirían para siempre jamás la obra de aquellos maestros desconocidos.

Gisbert sabía perfectamente que aquellos argumentos no convencerían a su humilde vecina, por lo que trató de encontrar otros. Se los explicó en voz baja, como si temiera que alguien les pudiera oír:

—Escucha, querida Batilda, sería mejor que no se lo dijéramos a nadie.

—¿Y por qué, querido vecino?

—Porque los grandes misterios asustan a la gente. ¿Acaso no dijiste tú misma que aquellos bichos te daban miedo?

—¡Claro que lo dije, y todavía estoy temblando!

—Pues a los demás les pasaría lo mismo que a ti. Acaban de recuperarse del terror que les inspiraba el milenio; la gente todavía está muy nerviosa. Con esto se volverían locos, creerían ver una nueva señal, y tal vez acabarían por emprenderla contra nosotros.

—¿Y por qué contra nosotros?

—Porque nosotros hemos descubierto los animales, en el fondo de la tierra, como por obra del demonio. Tal vez nos acusarían de ser cómplices de Satanás.

—¿De verdad lo crees? —balbuceó Batilda.

—¿Que si lo creo? Estoy convencido de ello. Acabaríamos en la hoguera.

La pobre mujer se persignó.

—¡Ay, Dios mío! Si yo no he hecho más que caerme en un agujero mientras iba a por leña.

Temblaba de los pies a la cabeza y Gisbert se sintió avergonzado. El método que estaba empleando no le gustaba nada, pero quería evitar la destrucción absurda de aquellos misteriosos animales. Entonces le dijo:

—Escucha, aún estamos a tiempo. Vamos a volver a tapar el agujero, y no le diremos nunca nada a nadie, ni siquiera al cura, de nuestro extraño descubrimiento.

—¿Ni siquiera en confesión? —preguntó Batilda preocupada.

—¿Acaso no acabas de decir tú misma «¡Ay, Dios mío, si yo no he hecho nada!». Uno sólo confiesa sus pecados, y tú no has cometido ninguno.

A Batilda aquel argumento la convenció, así que volvieron a la explanada. Serraron el roble y lo arrojaron al fondo del agujero. Lo disimularon con la tierra arrancada por sus raíces y con piedras blancas. Luego lo cubrieron todo con una decena de gavillas[8] de leña que formaron con las ramas del árbol caído.

[8] Véase la nota 8 del capítulo VII.

Cuando el trabajo estuvo terminado, apenas se notaba nada. Entonces Gisbert dijo:

—¡Ahora juremos que guardaremos el secreto!

Cruzaron los dedos y escupieron al suelo, mirándose fijamente a los ojos. Bajo sus pies, en la oscuridad y en el silencio de las profundidades, los animales proseguían su misteriosa cabalgada.

Antes de alejarse, Gisbert murmuró:

—En los siglos venideros, cuando los hombres sean muy sabios y razonables, la tierra volverá a abrirse bajo sus pies y descubrirán maravillados estos animales mágicos.

—¿Cuánto tiempo habrá de transcurrir para eso? —preguntó Batilda.

—¡Pues igual mil años! —contestó el brujo blanco[9].

[9] Y, efectivamente, casi mil años más tarde, se descubrió la cueva que Gisbert y Batilda habían tapado, pues muy bien podría tratarse de la cueva de Lascaux. Esta cueva, situada en Dordoña (sudoeste de Francia), conserva importantes pinturas rupestres.

IX

El macho cabrío de Pipinel

Había pasado el Domingo de Pascua y el año 1000 ya tenía varios días.

Como el cielo no se les había caído encima, las gentes cantaban «¡aleluya!».

Después de cantar hasta cansarse, Pipinel regresó a casa y se arrepintió. No de sus pecados, el mayor de los cuales era la avaricia, sino de haber dado demasiadas cosas a los pobres con la esperanza de evitar los tormentos del Infierno.

Ya no tenía más que la ropa que llevaba encima, su modesta casa y un viejo macho cabrío con perilla. Se reprochaba sin cesar el haber sido tan generoso.

Estaba echando pestes contra sí mismo cuando se le ocurrió una idea:

«Pronto volverá a haber días de mercado. Voy a vender el macho cabrío y así sacaré unas perras».

Cogió una cuerda y se fue al prado de al lado donde el viejo macho cabrío pasaba el tiempo dormitando.

Su amo le dijo:

—No sirves para nada. Te comes mi hierba y te bebes mi agua. Voy a llevarte a la próxima feria y te venderé al mejor postor.

El macho cabrío que no era tan tonto, y sabía hablar como cualquier persona, le contestó a Pipinel:

—Tus cabras no han tenido ninguna queja de mí y les he dado muchos cabritillos. Me parece que bien merecida tengo la jubilación, y poder quedarme en el prado viendo como pasan los días tranquilamente.

Pipinel dio dos o tres pasos atrás y dijo:

—¿De modo que te atreves a llevarme la contraria? Ven, acércate un poco que te voy a poner el ronzal[1].

—¡Acércate tú, si te atreves! ¡Ya verás qué cornada te doy!

Los machos cabríos son obstinados, pero también lo era Pipinel. Con la cuerda en la mano, se puso a pensar y al cabo le preguntó:

—¿O sea que no quieres ir conmigo a la feria?

—No —le contestó el animal—, no quiero.

—¡Conque no quieres, eh! ¡Pues ahora verás!

Vio un lobo que pasaba hambriento por la orilla del bosque y le gritó:

—¡Eh, lobo! Ven a comerte a mi macho cabrío, que no quiere ir a la feria.

El lobo observó de lejos al macho cabrío. Tenía aspecto de pocos amigos y unos gruesos cuernos todavía muy fuertes. Aquel lobo no era precisamente un dechado[2] de valor, así que contestó:

—¿Que me coma al macho cabrío? Por mucha hambre que yo tenga, no me apetece nada. Está

[1] Cuerda que se ata al pescuezo del animal para sujetarlo.
[2] Ejemplo, modelo.

más escuálido que una cabra y me rompería los últimos dientes que me quedan.

—¿De modo que no quieres comerte a mi macho cabrío?

—No, Pipinel, no quiero.

—¡Conque no quieres, eh! ¡Pues ahora verás!

Pipinel vio un perro que avanzaba pegado a las paredes por temor a los palos. Le silbó y le dijo:

—¡Perro, ven a morder al lobo! El lobo no quiere comerse a mi macho cabrío, y mi macho cabrío no quiere acompañarme a la feria.

El perro erizó el lomo, se tumbó a ras de tierra aplastándose contra el suelo, y se tapó los ojos con las orejas. Luego balbuceó, como hacen los perros:

—¿Mo... mo… morder al lobo? Eso es… es… peligrosísimo.

—¿Que no quieres morder al lobo?

—No, no quiero.

—¡Conque no quieres, eh! ¡Pues ahora verás!

Pipinel vio un palo tirado y le ordenó con voz iracunda:

—¡Palo, golpea al perro! El perro no quiere morder al lobo, el lobo no quiere comerse a mi macho cabrío, y mi macho cabrío no quiere acompañarme a la feria.

Pero el palo replicó:

—¿Pero por qué habría yo de golpear a ese pobre perro que jamás le ha hecho daño a nadie? Sería demasiado injusto y yo estoy demasiado carcomido. Me quebraría en pedazos.

—¿Que no quieres golpear a ese perro?

—No, no quiero.

—¡Pues ahora verás!

En la linde del pastizal ardía un pequeño fuego. Pipinel le dijo de lejos:

—¡Fuego, quema el palo! El palo no quiere golpear al perro, el perro no quiere morder al lobo, el lobo no quiere comerse a mi macho cabrío, y mi macho cabrío no quiere acompañarme a la feria.

El fuego se puso rojo de indignación:

—¡No hay derecho a despertarle a uno de esta forma! Me estaba quedando dormido y quiero arder sin llama un par de horas. O sea que de avivarme, ni hablar.

—¿Qué no quieres quemar ese palo?

—No, no quiero.

—¡Pues ahora verás!

Pipinel se volvió hacia el arroyo que pasaba al fondo del prado:

—¡Arroyo, apaga el fuego! El fuego no quiere quemar el palo, el palo no quiere golpear al perro, el perro no quiere morder al lobo, el lobo no quiere comerse a mi macho cabrío , y mi macho cabrío no quiere acompañarme a la feria.

—Supongo que estarás de broma —contestó el arroyo, canturreando a su paso por los guijarros—. Para apagar ese fuego tendría que salirme de mi cauce. ¿Y qué sería entonces de mis preciosos peces? Me dan escalofríos solo de pensarlo.

—¿Que no quieres apagar este fuego?

—No, no quiero.

—¡Pues ahora verás!

Unos metros más allá había una vaca pastando. Con sus dos ojazos que solo expresaban inocencia, vio a Pipinel agitar los brazos:

—¡Vaca, bébete esta agua! El agua no quiere apagar el fuego, el fuego no quiere quemar el palo, el palo no quiere golpear al perro, el perro no quiere morder al lobo, el lobo no quiere comerse a mi macho cabrío, y mi macho cabrío no quiere acompañarme a la feria.

—¿Beberme yo el agua del arroyo? —le contestó la vaca—. Tendría que tener sed, cosa que no me ocurre. Además, me podría tragar unos pececillos e incluso algún cangrejo. Soy vegetariana y pretendo seguir siéndolo.

—¿Qué no quieres beberte el agua de este arroyo?

—No, no quiero.

—¡Pues ahora verás!

Cerca del río había una red que un pescador había dejado a secar. Estaba tendida entre dos postes y se balanceaba con la suave brisa. Pipinel le gritó:

—¡Red, estrangula a esta vaca! La vaca no quiere beberse el agua del arroyo, el agua no quiere apagar el fuego, el fuego no quiere quemar al palo, el palo no quiere golpear al perro, el perro no quiere morder al lobo, el lobo no quiere comerse a mi macho cabrío, y mi macho cabrío no quiere acompañarme a la feria.

La red de pescador le contestó sin rodeos:

—¡Ni hablar! Mi pescador quiere que esté seca para poder reparar mis agujeros. En cuanto a esa vaca, no me ha hecho nada.

—¿Qué no quieres estrangular a esa vaca?

—No, no quiero.

—¡Pues ahora verás!

Justamente pasaba por allí una ratita, dando un montón de pasitos a la derecha, otro montón de pasitos a la izquierda, con la cola erguida y la nariz en punta.

—¡Ratita, roe esta red! —le ordenó Pipinel—. La red no quiere estrangular a la vaca, la vaca no quiere beberse el agua del arroyo, el agua no quiere apagar el fuego, el fuego no quiere quemar al palo, el palo no quiere golpear al perro, el perro no quiere morder al lobo, el lobo no quiere comerse a mi macho cabrío, y mi macho cabrío no quiere acompañarme a la feria.

La ratita se puso a chillar como un ratón de campo:

—¡Cuiiii-cuiiii..., cuiiii-cuiiii! ¿Roer yo esa red que apesta a pescado? Preferiría mil veces un trocito de queso. Además, no tengo hambre.

—¿Qué no quieres roer esa red?

—No, no quiero.

—¡Pues ahora verás!

En aquel momento apareció un gato. Era un gato casi salvaje, tan largo como un día sin pan y tan flaco como un palo. Caminaba sigilosamente buscando comida.

—¡Gato, cómete a esta ratita! —le gritó Pipinel—. La ratita no quiere roer la red, la red no quiere estrangular a la vaca, la vaca no quiere beberse el agua del arroyo, el agua no quiere apagar el fuego, el fuego no quiere quemar al palo, el palo no quiere golpear al perro, el perro no quiere morder al lobo, el lobo no quiere comerse a mi macho cabrío, y mi macho cabrío no quiere acompañarme a la feria.

El gato sacó las garras y se las afiló encima de una gruesa piedra. Luego dijo:

—Bueno, de acuerdo, precisamente es la hora de almorzar.

Al oír aquellas palabras, la rata se puso a chillar como una loca.

—¡Cuiiii-cuiiii-cuiiii! Por caridad, soy demasiado joven para morir. Ahora mismo me pongo a roer la red.

—¡No, por favor! —dijo la red—. Para eso prefiero estrangular a la vaca.

—Pues entonces yo me bebo el agua del arroyo —dijo la vaca.

El arroyo protestó:

—Ahora mismo me salgo de mi cauce para apagar el fuego.

En aquel mismo instante el fuego se despertó y dijo:

—¡Ya he dormitado bastante! ¿Dónde está el palo que hay que quemar?

El palo suspiró:

—No me queda más remedio que golpear al perro.

El perro se rebeló:

—A mí no me gusta que me apaleen. Así que mejor muerdo al lobo.

El lobo le contestó:

—Pues a mí no me gusta que me muerdan. Me comeré al macho cabrío, aunque no sepa demasiado bien.

El macho cabrío cedió con voz temblorosa:

—No quiero que me coma el lobo. Prefiero ir a la feria.

Así que, finalmente, siguió a Pipinel, que lo vendió por cuatro perras. Sin embargo, le tocó un buen amo que solo tenía una cabra de la que se enamoró, y juntos tuvieron muchos cabritillos.

X

El guantelete[1] de oro

Había una vez, en un humilde pueblo, una posada cubierta por un viejo tejado de paja.

Era invierno y estaba cayendo la noche cuando un viajero empujó la puerta. El frío del exterior se coló por la puerta y se extendió por la única habitación, de techo bajo y llena de humo. Tres campesinos cubiertos con harapos se calentaban los zuecos al rescoldo de la lumbre. Apenas volvieron la mirada para observar al viajero: parecía más miserable que ellos y no ofrecía mayor interés.

El hombre entró y se recostó contra la pared, como si no fuera capaz de dar un paso más. En su barba hirsuta[2], que disimulaba sus rasgos, empezaban a fundirse unos copos de nieve, una capa agujereada, toda tiesa por el frío, apenas lo protegía, y llevaba los pies envueltos en unos trapos viejos. Su mirada se perdía en la sombra gris de una capucha.

Sin embargo, un detalle llamaba la atención, y es que llevaba puestos unos guantes de hierro, unos guanteletes articulados parecidos a los de los caballeros.

[1] Véase la nota 9 del capítulo VII.
[2] De pelo áspero y duro.

El posadero entró por otra puerta, con los brazos cargados de leña. Dejó la madera en el suelo y le dijo:

—¡Calentaos, buen hombre! Vosotros, hacedle un sitio al peregrino.

Los tres campesinos se apartaron sin darse demasiada prisa y el hombre se acercó a la lumbre con paso lento. La llama, que se había avivado, alumbró su rostro curtido por el aire y agrietado por el frío. Era imposible determinar su edad. Aunque iba encorvado, era alto y ancho de espaldas. Pero debido a su extrema delgadez, al desorden de su barba y a los harapos que lo cubrían, parecía un espantapájaros.

El posadero le dio un taburete para que se sentara y cogió su cayado[3] cuidadosamente. Parecía que los dedos del hombre, agarrotados por el hierro de los guantes, no podían estirarse.

—¿Tenéis hambre, buen hombre? —le preguntó.

—Tengo mucha hambre, no voy a negarlo. Pero no tengo recursos y no podré…

Sin escuchar el final de la frase, el posadero se metió en la cocina. El viajero se calló y tendió hacia las llamas sus guanteletes articulados.

Los campesinos lo miraban con el rabillo del ojo. Ninguno de los tres abrió la boca.

El posadero apareció seguido de una criada, una muchacha flaca que puso la mesa en un abrir y cerrar de ojos: un cuenco, una cuchara y un cuchillo clavado en un mendrugo de pan negro.

[3] Véase la nota 3 del capítulo II.

El viajero se comió tres platos de caldo de berzas[4]. Aunque la sopa ardía, no parecía notarlo. Se la tragaba sin respirar.

—¡Pues sí que tiene hambre! —murmuró uno de los campesinos.

—Es porque está zampando de balde[5] —comentó otro.

El tercero refunfuñó:

—Tal vez sea un bandido que se ha escapado de la cárcel. Posadero, no te fíes. Luego lo mismo te roba la bolsa.

El hombrecillo, aguantando la risa, dijo:

—¿La bolsa? ¿Y qué te crees? Está tan vacía como su estómago.

El hombre no les prestaba la menor atención. Estaba ocupado migando pan en lo que le quedaba de caldo.

—Es un placer ver como os vuelve la color —le dijo el posadero—. Me habría gustado poder ofreceros vino, pero la semana pasada una banda de ladrones saquearon mi bodega y se llevaron mis provisiones.

El viajero le preguntó:

—¿Acaso no son seguras estas tierras?

—Hace mucho que no lo son. Desde que nuestro señor, Roldán, el amo de estos lugares, se marchó a España a convertir a los moros que no creen en Dios. Hará de ello casi dos años.

El hombre recogió las migas que quedaban en la mesa y las observó en la palma de su mano cubierta con el guante:

[4] Coles.
[5] Gratis.

—Dos años..., ¿de verdad, eh? —murmuró.

—Por Pascua hará dos años. Llevamos todo este tiempo sufriendo.

Los siervos confirmaron sus palabras asintiendo con la cabeza, pero guardaron silencio.

—Veréis —dijo el posadero—, al cabo de unos cuantos meses, los demás cruzados regresaron, pero nuestro buen señor Roldán no volvió con ellos. Corrió el rumor de que había muerto, y también el de que había caído prisionero de los musulmanes, lo que, según decían, era todavía peor. Los señores de los alrededores codiciaron sus tierras, lucharon entre ellos, arrasaron las cosechas y redujeron a la miseria a los pobres campesinos, que no tuvieron más remedio que darse al bandidaje. Y para remate, a fines del año 999 vivimos unos días terribles.

El posadero tomó aliento y, señalando a los campesinos, prosiguió:

—Que os digan estos cuánta gente murió de hambre, de enfermedad y de miedo al acercarse el año 1000. Hubo una gran desolación y el país quedó arruinado. Pero vos seguramente estáis al corriente de todo ello. Todo el mundo creyó que era el Apocalipsis[6], supongo que incluso alguien como vos, venido sin duda de muy lejos…

Interrumpió su discurso, sus ojos brillaban de curiosidad, inclinó la cabeza e insistió:

—Alguien venido sin duda de muy lejos, ¿acaso de Jerusalén?

Los tres campesinos simulaban indiferencia,

[6] Véase la nota 5 del capítulo I.

pero no despegaban los ojos del misterioso peregrino.

Este seguía callado y contemplando las migas que todavía sostenía en el guante. Por fin preguntó con voz temblorosa:

—¿Vuestro señor, por cierto, tenía hijos, una esposa?

El posadero contestó:

—Una esposa joven, y todavía no habían tenido niños. ¡Pobre dama Alois! ¡Que Dios en su bondad la socorra! Ya solo tiene ojos para llorar.

—Y cuando Roldán desapareció, ¿ella no se volvió a casar?

—No. ¡Y no es que le faltaran pretendientes! pero los rechazó a todos, pues estaba empeñada en que su marido estaba vivo y que un buen día regresaría.

Los campesinos movieron la cabeza y el posadero continuó:

—Dicen que no está del todo en su sano juicio. Se pasa los días enteros en lo alto del torreón, haga frío o calor. Ella está convencida de que su amado va a regresar, armado de la cabeza a los pies, con sus hermosos estandartes[7] flotando al viento ante él. Dicen también que en sueños pronuncia su nombre.

Con un gesto brusco, el viajero se echó las migas a la boca. Sin duda lo hizo con demasiada fuerza, pues estuvo a punto de atragantarse. Empezó a toser y estuvo a punto de ahogarse. Los ojos se le llenaron de lágrimas.

[7] Insignias, banderas.

El diligente posadero le dio unas cuantas palmadas y, cuando el hombre logró respirar, añadió en tono desolado:

—Es muy triste para la dama que estaba enamoradísima de su esposo. En cambio a nosotros nos habría gustado que se volviera a casar, para que un nuevo señor nos protegiera de los ladrones.

—¿No queríais a vuestro amo?

—¡Sí, sí, claro, era buen hombre! Es una pena que ya no esté en este mundo. Pero, decidnos, ¿qué podemos hacer nosotros? Se quiso marchar, se fue y murió o, al menos, eso dicen.

—¡Y se lo habría ganado a pulso! —exclamó el mendigo golpeando de repente la mesa con el puño—. ¿Qué necesidad tenía de abandonar a su joven esposa, de dejar su torreón, su tierra y a los campesinos que la trabajan? ¿Con qué fin y por qué? ¿Para correr una aventura con el pretexto de servir a Dios? ¿Para poder jactarse de haber cabalgado por los mismos caminos que el emperador Carlomagno? ¿Para soplar en un cuerno como el del famoso Roldán al que mataron en Roncesvalles? Aquello no fue más que orgullo y tontería. Sin duda tuvo su merecido.

Al oír aquellas palabras, los tres siervos se acercaron al viajero. Sus ojos resplandecían como brasas en sus famélicos rostros. Ellos, que eran de pocas palabras, aprobaban a su manera al pobre peregrino que acababa de expresar los sentimientos más recónditos de los tres.

Solo el posadero protestó:

—Tampoco hay que echarle toda la culpa a Roldán. Nuestro señor creyó actuar correctamente al tomar la Cruz para servir a Dios. En este momento, si es verdad que está muerto, estará sin duda en el Paraíso.

Uno de los siervos intervino:

—Tal vez no haya muerto en la batalla. Igual vive en algún palacio en compañía de una mora o incluso de varias, si ha renegado de Cristo y ha abrazado la fe de Mahoma.

El segundo añadió entre dientes:

—Mientras que a nosotros nos queman las chozas, nos roban el ganado y nuestros hijos están muertos de hambre…

—Poco importa —concluyó el tercero—. Esté muerto o vivo, seguro que es más feliz que nosotros.

De repente, asustados por haberse expresado con tanta osadía, se marcharon, perdiéndose en el frío de la noche para refugiarse en sus humildes chozas.

—¡Pobrecillos! —dijo el posadero—. No hay que tomarse a mal lo que dicen. Están oprimidos por tanta miseria. Ya sabéis lo que ocurre: a veces la injusticia te vuelve miserable.

El viajero bajó la cabeza. Tenía las manos extendidas sobre la mesa y se miraba los guantes de hierro. El posadero prosiguió:

—¡No podéis pasar la noche a la intemperie! Todavía me queda un buen jergón[8]. Os lo colocaré junto al hogar. Dormid en paz y hasta mañana.

El viajero le dio las gracias, se envolvió en sus harapos y se quedó dormido delante del fuego.

[8] Véase la nota 9 del capítulo III.

Por la mañana, después de haber descansado, parecía aún más alto. La criada le sirvió un caldo en el que mojó el mendrugo de pan negro que había sobrado de la cena.

El posadero se empeñó en acompañarlo hasta la puerta del corral, como habría hecho con un cliente de categoría. Sus huellas se marcaban profundamente en la espesa nieve. Hacía mucho frío, pero había dejado de nevar. Los árboles, blancos de escarcha, relucían en el límpido cielo.

El posadero rebuscó en el gran bolsillo de su mandil y, ruborizándose hasta las orejas, sacó una monedilla de bronce, que le puso a su huésped en la mano.

—¡Es todo lo que tengo! —dijo excusándose—. Tomadlo, buen hombre, por amor de Dios.

Con los ojos llenos de lágrimas, el viajero miraba aquella moneda desgastada, ligera como una pluma encima de su guante.

—Posadero —le dijo con voz emocionada—, eres mejor que san Martín, que al pobre le dio solo la mitad de su capa. A cambio de esto, amigo mío, he de decirte la verdad. Respiró muy hondo, se irguió todo lo alto que era y le contó lo siguiente:

—No soy un bandido fugado, ni un peregrino procedente de Jerusalén. Soy un soldado que regresa de España tras haber librado terribles combates. No te los describiré, pues solo con pensar en ellos se me ponen los pelos de punta. Baste con decirte que, durante una de aquellas batallas, en medio del fragor de las armas, de los alaridos de odio y de dolor, me pareció oír la risa feroz de Satanás. Entonces juré que si salía con vida de aquel infierno, recorrería el camino de vuelta a pie, como un pobre entre los pobres, llevando por única arma este cayado y sin quitarme los guantes de hierro.

El posadero lo escuchaba, temblando de frío y de emoción. El viajero prosiguió:

—He tardado varios meses en llegar hasta aquí. He padecido hambre y fiebre en muchas ocasiones. He mendigado por los caminos el pan que me he comido y he encontrado a buenas gentes que han querido darme limosna. Pero tú, posadero, me lo has dado todo. Tu bondad merece una recompensa. Toma este guante, amigo mío. Tómalo en prenda y como recuerdo de tu señor, que bien quisiera parecerse a ti.

Dejó al descubierto su mano izquierda, arrugada y pálida como un cirio. Era una mano de cera en la que brillaba un hermoso anillo de caballero.

—¡Por Jesucristo! —exclamó el posadero, hincándose de rodillas en la nieve—. ¿Sois vos, mi señor? ¿Sois Roldán? ¡Ay, Dios! ¡Cómo no os habré reconocido! ¡Perdonadme, perdonadme! Es que así, con esa barba, con esas ropas…

El viajero le contestó:

—Ya ves, estoy muy avejentado. Incluso me pregunto si Alois me reconocerá.

Cuando el posadero se levantó, el hombre ya había atravesado el corral, dejando tras de sí sus huellas en la nieve.

Desde entonces han pasado mil años.

Del torreón del cruzado ya no quedan más que las ruinas. La mayoría de sus piedras sirvieron para construir las casas del pueblo, a cuya entrada hay una posada. Y encima de la puerta todavía se puede ver una escultura desgastada por los siglos y el viento. Sin embargo, aun se reconoce la forma de una mano.

La posada se llama: «El guantelete de oro».

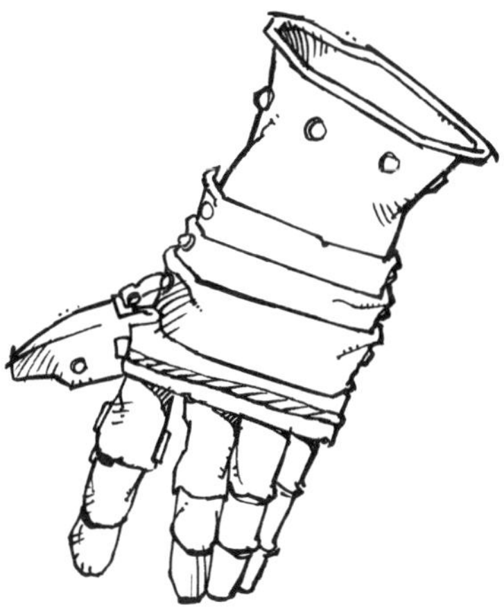

XI

La leyenda de Balinta

—Hoy —dijo Gisbert— no os voy a contar un cuento, sino una leyenda de antaño.

Se volvió hacia los niños y preguntó:

—Niños, ¿sabéis cuál es la diferencia entre un cuento y una leyenda?

No, los niños no lo sabían. Ni su padre, Martín, ni su madre, Martina. Ni Margot, la vecina que estaba con ellos.

El mago blanco prosiguió:

—Un cuento es una historia que uno inventa, en la que todos los personajes son imaginarios, al igual que sus aventuras. En cambio las leyendas siempre tienen un fondo de verdad.

Y sin más preámbulos, comenzó:

—Todos conocéis el bosque de los Drouilles y el claro de la Roca Balinta, ¿no?

—¿No pretenderás hablar de las Piedras del Diablo? —exclamó la vecina—. Sabes perfectamente que está prohibido.

—¿Y quién lo prohíbe, si se puede saber? —replicó Gisbert—. ¿Los que, hace apenas dos días, anunciaban el fin del mundo? El mundo sigue igual y la Roca Balinta no tiene nada de diabólica.

—¡Eso lo dirás tú! Pero en el pueblo toda la gente dice que fue construida por la mujer de

Satanás, y que lo hizo en una noche, y que llevaba las piedras en su delantal.

—¿La mujer de Satanás?

—Sí, una mujer con los pies curvados. Para ayudar a su marido que, según se dice, quería construir un palacio, transportaba enormes piedras. Un día, para acortar, se metió por el espeso bosque de los Drouilles. Pero al llegar a un claro, se sintió tan cansada que soltó su delantal y todas las piedras rodaron por el suelo, creando por sí solas una construcción: las más pequeñas formaron las paredes y la más grande el techo.

—A eso se le llama dolmen[1] —la interrumpió el brujo blanco.

—Dolmen o no, el lugar está maldito y está habitado por los demonios.

Los niños escuchaban boquiabiertos a la vecina. Gisbert tuvo que hacer un esfuerzo para conservar la calma. Respiró hondamente y al fin dijo:

—Chicos, ahí tenéis un ejemplo de cuento, en el que todo es falso e inventado. Satanás no existe, y mucho menos su mujer con delantal. El único nombre que es cierto en esa historia es el del bosque, aunque también está deformado por la ignorancia y por los siglos. Porque habría que decir «el bosque de los Druidas», que eran los sacerdotes en tiempos de nuestros antepasados los galos[2].

[1] Monumento construido con grandes piedras sin labrar (megalítico), colocadas de plano sobre otras situadas verticalmente, característico del Neolítico y de las primeras edades de los metales. Se considera que tenía una significación funeraria, religiosa o simplemente conmemorativa.

[2] De la Galia, como se denominaba antiguamente a Francia.

Cerró los ojos, juntó sus largos dedos y se recogió un instante. Luego empezó a decir en voz tan baja que todos los oyentes tuvieron que escuchar muy atentamente:

—Érase una vez... Érase de VERDAD una druida llamada Balinta.

Margot soltó una carcajada:

—¿No pretenderás hacernos creer que tu historia es cierta cuando empieza con una mentira así? ¡Ja, ja, ja! ¡Mujeres druida! ¿Dónde se ha visto eso? No veo por qué van a existir ellas y no la mujer de Satanás.

El brujo blanco bajó la cabeza y agarró su cayado[3]. Los niños temieron que se fuera a marchar, pues no le gustaba nada que lo interrumpieran. Pero de repente levantó la cabeza y dijo, con un brillo en la mirada:

—Los galos eran hombres libres y las mujeres galas también. Vivían a su manera, adoraban a los dioses que les convenían, elegían a sus jefes y respetaban a sus druidas, ya fueran hombres o mujeres.

En su mirada se reflejó un atisbo de tristeza:

—Hace más de mil años que no sabemos lo que significa la palabra «libertad».

—Es verdad —intervino Martín—, pero es mejor no hablar de ello, pues es una palabra demasiado peligrosa. En cuanto a ti, Margot, mantén la boca cerrada y deja que Gisbert nos cuente lo que tiene que contarnos.

El brujo prosiguió muy digno:

[3] Véase la nota 3 del capítulo II.

—Sigo por los niños... Como os iba diciendo, Balinta era el nombre de una mujer druida que vivió aquí, en nuestro pueblo. Estaba tan guapa con su túnica blanca que parecía una diosa, o sea, una divinidad femenina, si os gusta más. A veces, vivía en una casa, como todo el mundo, pero otras, se marchaba a solas al gran claro que, desde entonces, lleva su nombre. Allí rezaba a los dioses, en particular a la Gran Diosa, la Tierra, nuestra Madre o la Naturaleza, como queráis.

La vecina murmuró unas palabras entre las que se oyó «pagano[4]», pero el mago hizo caso omiso y siguió sin alterarse:

—Las gentes del pueblo se reunían con ella en aquel lugar sagrado los días en los que se celebraban las grandes fiestas y ceremonias. Las piedras del dolmen eran su altar. Nadie sabía quién las había colocado allí, ni por qué, ni cómo. Y las leyendas no dejaban de prodigarse: unos decían que habían sido las hadas con su varita mágica; otros estaban firmemente convencidos de que habían sido unos gigantes que las usaban de taburete; otros creían que habían caído del cielo.

De repente se rió como un niño:

—Amigos míos, en aquella época, la mujer de Satanás ni siquiera había nacido y su delantal estaba sin coser. Además, los pueblos celtas[5], entre los que se incluía el nuestro, el de los galos, no creían ni en el demonio, ni en el pecado, ni en el Infierno.

[4] Véase la nota 7 del capítulo I.

[5] De un pueblo antiguo prerromano establecido en el oeste de Europa.

—¡Será posible, Dios mío! —dijo Margot con tono de indignación.

Una vez más, Gisbert decidió ignorarla y afirmó:

—En aquellos tiempos, nuestro país era próspero. Era tan rico y estaba tan poblado y tan bien cultivado que lo codició Julio César[6] procónsul de los romanos. Bajo su mando, una batería de ejércitos invadió la Galia, causando numerosas desgracias. Pero los galos se unieron para expulsarlos de nuestras fronteras. Su jefe se llamaba Vercingetorix[7]. Acordaos de él y sentíos orgullosos de vuestros antepasados que sacrificaron sus vidas por la libertad.

Luego continuó con cara de disgusto:

—Desgraciadamente, los galos fueron derrotados y toda la Galia quedó ocupada. En este lugar donde nos encontramos, los romanos se asentaron en una colina que todavía hoy se llama «campo de César». La conocéis tan bien como yo.

—Ya lo creo —dijo la vecina—, es donde llevo a pastar mis ovejas; pero allí no queda ningún resto de nada.

—Es que han pasado mil años —dijo Gisbert—. Sin embargo, es un hecho que los romanos acamparon en aquel lugar. Desde lo alto de sus fortificaciones, vigilaban toda la región. Se apoderaban de nuestras cosechas, de nuestro ganado, de nuestras joyas y de nuestras armas. En-

[6] César, Cayo Julio (aprox. 100 a. C. - 44 a. C.), político, general y escritor romano.

[7] Vercingetorix (aprox. 72 a. C. - 46 a. C.), caudillo galo. Derrotado y preso por César, fue llevado a Roma y allí ejecutado.

viaban a Roma a nuestros jóvenes para venderlos como esclavos. Rastreaban los campos para encontrar a los rebeldes, que todavía confiaban en poder reanudar la lucha. Y, sobre todo, buscaban a los druidas cuya influencia y cuyos poderes misteriosos les inspiraban gran temor. Cuando los capturaban, los quemaban vivos o los crucificaban igual que hicieron más tarde con Jesús.

La vecina Margot se disponía a intervenir, pero rápidamente Martín se le adelantó para preguntar:

—¿Y Balinta?

—Ahora mismo os lo cuento. Pero primero habéis de saber que aquellos romanos tan duros y disciplinados tenían miedo de nuestros bosques. Creían que estaban habitados por espíritus malignos y que los árboles se podían desplazar y aplastar a quienes les desagradaban.

—¡A lo mejor era verdad! —dijo uno de los niños.

—¡A lo mejor, quién sabe! —repuso Gisbert—. Es la parte de «cuento» de nuestra «leyenda». Lo que en cambio es seguro es que los romanos no mandaban patrullas a nuestro bosque, tan amplio y tan silvestre que solo los que habían nacido en él eran capaces de encontrar el camino que conducía al claro.

—¡Lo mismo que hoy! —observó Martín.

—Sí, y por eso Balinta se escondía en él. Incluso recibía a los druidas que estaban de paso, que trataban de llegar a las islas lejanas[8] en las

[8] Se trata de las islas Británicas (actualmente Inglaterra, Escocia, Gales e Irlanda), que todavía no habían caído bajo el yugo romano.

que otros pueblos celtas vivían todavía en libertad. Todo nuestro pueblo lo sabía.

»Pero era preciso alimentar a aquellos druidas, procurarles ropa y dinero para que pudieran pagarse el pasaje por mar. No era nada fácil, pues el invasor nos había quitado todo lo que teníamos. Pero la opresión aviva el ingenio. Había provisiones ocultas en lugares inaccesibles, y oro disimulado en agujeros muy profundos.

»Por la noche, Balinta salía del bosque para recoger aquellas donaciones, para curar a los enfermos e infundir ánimos a todo el mundo. Con su sosiego, su fuerza, incluso solo con su belleza reconfortaba a los desgraciados. Les hablaba de resistencia, de la proximidad de un levantamiento, y de que pronto volverían a ser libres.

»Pero, desgraciadamente, iban pasando los días y el campamento de César seguía allí. Los soldados que patrullaban empezaban a descubrir los depósitos clandestinos de armas, los escondrijos de víveres y los refugios de los guerreros, y estos eran sometidos a atroces suplicios antes de acabar con su vida. Sin duda había alguien que les facilitaba, o mejor dicho que les vendía, la información.

—¿Un traidor galo? —preguntó Martín.

—Sí, todos los pueblos tienen su Judas[9]. Y este debía de conocer todos los caminos del bosque. Los druidas que estaban de paso ya no se sentían seguros, por lo que empezaron a tomar otra ruta, y Balinta se quedó sola con el dolmen.

[9] Se refiere a Judas Iscariote, uno de los doce Apóstoles, que traicionó a Jesús, vendiéndolo a sus enemigos por treinta monedas de plata.

—¡Pues menuda compañía! —dijo la vecina.

—¡Eso depende de para quién! —replicó Gisbert—. Balinta no pensaba que lo habitaran los demonios. Al contrario. Creía que en él se concentraban unas fuerzas naturales positivas y que tenía un alma con la que ella comulgaba. Había que verla con su túnica blanca, sus hermosas manos posadas sobre la mesa de piedra, los ojos alzados hacia la luz, los largos cabellos negros flotando al viento. Parecía que se iba a echar a volar.

—Hablas como si la hubieras visto…

—¡Ay! Quién sabe, quién sabe —dijo el brujo como en sueños—, a lo mejor tuve otra vida en tiempos de los druidas. A veces tengo la sensación de que me acuerdo de…

Se pasó la mano delante de la cara como para ahuyentar una nube de humo.

—Pero no hablemos de mí. Quiero que os imaginéis a Balinta, la joven druida de corazón ardiente. Solo temía una cosa: que alguien la traicionara y los romanos la capturaran. «¡Prefiero estar muerta que ser esclava!», le decía a la piedra, besándola como si fuera una amiga.

—¿Y por qué no se marchó con los druidas que iban de paso?

—Claro, Martina, ella podría haberse ido. Pero la gente del pueblo la necesitaba demasiado y no quiso abandonarlos. Por lo tanto, siguió realizando sus visitas nocturnas, aunque tomando más precauciones. Se cubría con una capa oscura, caminaba descalza para hacer menos ruido y concertó señales para anunciar su llegada.

»Las puertas se abrían sin ruido; una mano amiga tomaba la suya y la guiaba en la oscuridad, pues nadie se atrevía ya a encender fuego. Empezó a ir una noche sí y otra no, y luego sin previo aviso, para despistar al hombre o a la mujer que informaba a los romanos.

»El ambiente de las veladas estaba enrarecido por las sospechas. Era espantoso pensar que te podía traicionar un pariente, un vecino o un amigo. Ya nadie hablaba de levantamiento, ni de revancha, ni menos aún de armas secretas. Ya nadie escuchaba las palabras de aliento. Todo el mundo aguzaba el oído, atento a los ruidos del exterior y se estremecía en cuanto oía algo extraño.

»Así que Balinta empezó a ir cada vez menos. A veces incluso pensaba en marcharse a las islas, como lo habían hecho tantos otros.

»Sin embargo, dos cosas se lo impedían. La primera era que en el pueblo algunas familias seguían resistiendo, seguían esperando, mantenían sus ideales sin desfallecer; esos hombres, mujeres y niños arriesgaban sus vidas para llevarle a la druida alimentos de los que ellos se privaban. Ellos la necesitaban. La segunda era que no podía ni pensar en separarse para siempre de aquellas piedras mágicas, de su dolmen; estaba convencida de que sin él perdería sus poderes, y de que las piedras sin ella no serían más que un montón de rocas abandonadas en el fondo de un bosque. Por lo tanto se quedó. Y una noche…

Llegado a este punto, Gisbert se calló. Revolvió las cenizas con la punta de su cayado y avivó unas cuantas brasas que agrupó minuciosamente. Luego, entornando los ojos, se las quedó mirando.

—¡Pero bueno, si se está durmiendo! —gritó la vecina—. ¡Eh, Gisbert, despierta! Te vas a caer sobre la lumbre.

Gisbert la miró con expresión de desconcierto, como si saliera de otro mundo. Luego mintió en tono distraído:

—No sé por dónde iba…

Los niños, en su ingenuidad, acudieron en su ayuda:

—Por lo tanto se quedó… —repitieron.

—Sí —dijo el mago blanco—, sí, ya recuerdo. Se quedó y una noche…

Hizo otra breve pausa, respiró profundamente, entrelazó los dedos y prosiguió:

—Era la primera noche de mayo, una gran fiesta para los celtas, la fiesta más alegre para nuestros antepasados los galos. Normalmente, solían plantar un arbolillo en el centro del pueblo, al que solo le dejaban la parte superior de la copa con unas cuantas hojas adornadas con flores y cintas. Encendían hogueras y celebraban un banquete que se prolongaba durante toda la noche. De aquella forma honraban al dios Belenus, símbolo del sol y de la renovación.

»Pero con los romanos como amos de la región, ya nadie pensaba ni en fiestas, ni en banquetes, ni en cánticos. La gente casi no se atrevía ni a disfrutar del fresco de la noche. Balinta, en su claro, se los imaginaba, sentados tristemente en el umbral de sus puertas, hablando en voz baja de otros tiempos, de los jóvenes desaparecidos y de los guerreros muertos en combate.

»Aquella noche necesitaban, más que nunca, que alguien los consolara. La druida decidió ir al pueblo. Tomó del dolmen la fuerza que necesitaba para hacer frente al peligro, y, convencida de que el traidor habría dicho a los romanos: "seguro que viene pues es la primera noche de mayo", eligió los caminos más secretos, más recónditos, y llegó a la linde del gran bosque en torno a medianoche. El pueblo parecía desierto. No se oía un ruido, ni una voz, no se veía ni una luz ni una columna de humo.

»La druida vaciló. ¿Para qué iba a despertar a unas gentes que, durmiendo, se olvidaban de todos sus males y tal vez soñaran con las fiestas de años pasados? Por otra parte, ¿y si alguien la esperaba?, ¿y si alguien la necesitaba? Aunque solo fuera una persona, un anciano, un niño, su deber era socorrerlos.

»Colocó sus manos delante de la boca e imitó el chillido de la lechuza con la cadencia acordada. Al ver que no tenía respuesta, iba a repetir su llamada cuando una voz de hombre la alertó: "¡Señora, corred, que están aquí!".

»En seguida el silencio se llenó con el fragor[10] de los alaridos, los llantos, las órdenes gritadas a voz en cuello, el entrechocar de objetos metálicos, el clamor y las cabalgadas.

»Balinta se ocultó a la sombra de los árboles. Muy cerca de ella, oyó desenvainarse las espa-

[10] Ruido prolongado, estruendo.

das, y una voz que le gritó en latín: "¡Ríndete, bruja, no tienes escapatoria!".

»Encendieron una antorcha que iluminó rostros, cascos de cuero, ojos relucientes de odio y tal vez también de miedo, y bocas abiertas que gritaban.

»Ella echó a correr en dirección a su dolmen. Era joven y atlética y también tenía una vista penetrante. Y además conocía tan bien el bosque que no tenía dificultad en evitar las ciénagas[11] y los matorrales. Pero sus perseguidores también eran ágiles. Les habían prometido una gran recompensa si coronaban con éxito su acción y terribles castigos si la druida se les escapaba.

»A pesar del terror que les inspiraba el bosque y sus brujerías, corrían como una jauría detrás de su presa. A veces se le acercaban mucho y Balinta podía oírlos jadear. La luz de las antorchas proyectaba su sombra hasta sus pies. Le arrojaron algo que le alcanzó el hombro derecho y estuvo a punto de caer derribada. Alguien vociferó: "¡Le he dado!".

»Sin embargo, después del impacto, Balinta apenas sintió dolor, por el contrario, como si la herida le hubiera renovado las fuerzas, corrió hacia un roble cuyas ramas, bastante bajas, permitían trepar por él, y sacó suficiente ventaja a sus perseguidores.

»Estaban todavía a tiro de flecha cuando se agarró a la primera rama. Al esforzarse por trepar, un dolor espantoso la atravesó de lado a

[11] Lugares llenos de cieno, lodo blando que se deposita en el fondo de las lagunas o zonas bajas y húmedas.

lado. Apretó los dientes y subió como pudo, desgarrándose la capa marrón y la túnica blanca. Aunque el enorme roble estaba aún sin florecer, era un refugio seguro, gracias a su grueso tronco, detrás del cual se cobijó.

»Jadeando, torturada por el dolor de su hombro, vio pasar en tromba a la patrulla romana. Reconoció al hombre que les hacía de guía: un guerrero del pueblo que sin duda quería ganarse el perdón del invasor por haber luchado contra los vencedores. Había sido uno de sus últimos leales. Nadie en el pueblo sospechaba de él. Aquel descubrimiento le dolió tanto y le hizo sentir tanta repugnancia que por un instante sintió la tentación de dejarse caer al suelo como un fardo. Pero se recuperó y, haciendo acopio de valor, se palpó el hombro para tratar de localizar la herida, causada por algún proyectil, probablemente la piedra de una honda.

»Pero sus dedos tocaron el mango de un puñal clavado profundamente en lo alto, entre sus costillas. Apretó los dientes y se lo sacó. Un chorro de sangre tibia empapó su túnica y Balinta comprendió que iba a morir.

—¡No quiero que se muera! —gritó uno de los niños.

—Ella no le temía a la muerte —repuso Gisbert—. Consideraba que era una simple paso hacia otra vida. Pero quería volver a ver el dolmen que tanto amaba. Metió la daga bajo el cinturón de la túnica. El roble vibraba contra su cuerpo, Balinta pegó la mejilla a su corteza y, cerrando los ojos, le rogó: "¡Ayúdame!".

»Cuando volvió a abrirlos, primero no vio más que una luz rojiza en la linde del bosque. Pensó que se había quedado ciega, pero luego se dio cuenta de que aquello era un incendio, del que se elevaba una gran humareda y multitud de chispas. El pueblo entero era una enorme hoguera.

»Creyó oír los gritos de los niños, los alaridos de las mujeres, la lucha desesperada de los hombres desarmados. Contuvo los sollozos y pensó: "Si todavía me quedan fuerzas para ello, los vengaré".

»Intentó no distraerse con otros pensamientos, concentrándose en una única idea: llegar al dolmen, tenderse sobre la piedra, simular estar muerta y, cuando los romanos se acercaran, matar al menos a uno. O, mejor aún, apuñalar al traidor que había provocado todas aquellas desgracias.

»Se coló por un pasadizo abierto por los jabalíes que quedaba totalmente oculto bajo el brezo y la aulaga[12]. La patrulla romana se había metido por un camino, también oculto, pero más largo. Balinta consiguió correr, aunque la sangre seguía manando de la herida abierta; su voluntad era tan férrea que llegó al claro cuando los otros todavía estaban lejos.

»Con un impulso desesperado, escaló el dolmen por un lado, tiró al suelo su capa oscura y se quedo de pie, cubierta con su túnica blanca, con el rostro alzado hacia el cielo que empezaba

[12] Dos tipos de arbustos, el *brezo* tiene flores acampanadas de color rosado y la *aulaga* flores amarillas en racimos.

a aclararse. El día estaba a punto de nacer, pero Balinta ya no vería levantarse el sol. Entonces se tumbó, se cubrió con los pliegues de su túnica manchada de barro, roja de sangre, empuñando el arma en una mano y acariciando la piedra con la otra. "Me has ayudado a vivir, ayúdame ahora a morir", le imploró con toda su alma.

»Una sensación de bienestar recorrió todo el dolmen hasta llegarle al corazón. Oía a los hombres acercándose a paso lento, con la mirada clavada en aquella forma blanca. Avanzaban con prudencia, temiendo sin duda que hubiera rebeldes escondidos en aquel lugar. Un lugar aterrador, con aquel corro de enormes robles y aquel altar bárbaro en el que, según habían oído decir, los druidas degollaban a seres humanos.

»Como en una pesadilla, Balinta oyó que alguien daba una orden: "¡Tú, el galo, acércate a ver¡ ¿Pero bueno, vas de una vez o no?", y luego gritaba furioso: "¡Pero dónde se ha metido ese!".

»Presa de un arrepentimiento tardío o, mejor dicho, del miedo, el traidor había conseguido huir; los romanos volvieron a ponerse en marcha, se acercaron al dolmen y se detuvieron a unos cuantos pasos de él. "¡Ahora!", pensó Balinta. Pero los soldados no bajaban la guardia: "Hay que comprobar si está muerta o si solo disimula".

»Uno de ellos se disponía a desenvainar la espada cuando el jefe le gritó que se detuviera. El centurión había ordenado que la atraparan viva a ser posible, pues seguramente querían obligarla a hablar.

»Uno de los hombres intervino: "O llevársela a su lecho y luego venderla como esclava. Al parecer es muy hermosa y vale su peso en oro".

»El jefe decidió: "Atrapémosla con una red. Pero vosotros, atentos con no dañarla, que perdería valor".

»Balinta pensó con la rapidez del rayo: "Quieren atraparme como a una fiera y reducirme a la esclavitud. ¡Jamás! ¡Jamás! ¡Prefiero morir!".

»La red ya estaba desplegando su aterradora nube de mallas ennegrecidas por la sangre de otras presas, cuando la druida alzó su arma para acabar ella misma con su vida.

»Pero entonces, queridos niños, desapareció como un fantasma, se desvaneció como un vapor, confundiéndose con el dolmen. Los romanos únicamente pudieron ver el fulgor de su túnica blanca, y luego las oscuras mallas de la red tendidas sobre la roca por la que todavía corría su sangre.

»Espontáneamente, soltaron las armas todos a una y echaron a correr a tal velocidad que no se les volvió a ver jamás por aquel lugar.

»El claro recuperó su apacible ritmo habitual. Los pájaros cantaron el despertar del nuevo día. En la brisa de la aurora, una flor de vincapervinca[13] revoloteó suavemente y se fue a posar sobre la gran piedra, como un beso sobre una mejilla.

Se produjo un silencio. Los niños lloraban. Ni siquiera la vecina fue capaz de abrir la boca.

[13] Planta de hojas siempre verdes y flores azules.

—Desde entonces —añadió Gisbert—, desde hace mil años o más, el claro está tal como estaba en tiempos de los druidas: es un lugar sagrado y, por la noche, se puede sentir que vive el alma de Balinta, descansando para siempre en el corazón del dolmen.

—Gisbert, ¿crees que dentro de mil años o más, nuestros descendientes sabrán…? —preguntó Martín.

—Sí —afirmó el brujo blanco—. Sí. Los contadores de cuentos lo recordarán.

APÉNDICE

Cuentos del año 1000

En el año 1000, después de siglos de invasiones bárbaras, la antigua Galia estaba arruinada. En el campo, diezmado de población, reinaba la hambruna y las ciudades estaban asoladas por las epidemias.

Sin embargo, peregrinos y viajeros seguían acudiendo a Roma o Jerusalén, donde descubrían otros estilos de vida, otras religiones, nuevas técnicas y nuevas arquitecturas.

Gracias a ellos, poco antes del año 1000 se produjo un nuevo florecimiento. Pero antes de cubrirse de un manto de ciudades fortificadas, fortalezas, iglesias, molinos, caminos y puentes, la vieja tierra gala necesitaba sacudirse de encima la miseria.

Aquella transformación radical de la civilización trajo consigo muchos problemas. Las poblaciones rurales estaban muy alteradas y no sabían «a qué santo encomendarse», como ha escrito Georges Rocal, historiador del Perigord[1]:

«Desde el abandono del paganismo, los campesinos viven en un mundo próximo a lo sobrenatural».

Estos *Cuentos del año 1000* son un reflejo de sus ingenuas creencias, de sus fantasmas, de sus sufrimientos y de sus temores. Pero también pretenden ser un homenaje

[1] Región del sudoeste de Francia, situada en el norte de la cuenca de Aquitania, que comprende la parte central y meridional de Dordoña.

a su inteligencia, su astucia, su valor, su obstinación y su buen humor, que les permitieron atravesar aquel turbulento momento y sobrevivir, a pesar de todo.

Para escribir estos cuentos y leyendas me he basado en tres fuentes:

1) Los cuentos tradicionales, venidos de la noche de los tiempos, que fueron transmitidos oralmente por mi madre y mi abuela materna.

2) Los cuentos del folclore, rebosantes de diablos, hadas, fantasmas, hombres lobo, etcétera, recogidas por diversos autores (en concreto las historias del Perigord de Georges Rocal y Du Peyrou).

3) Para el contexto general de la época, he consultado diversas obras generales de Historia, tanto sobre la Edad Media en Francia como sobre la historia del Perigord medieval en particular.

BIBLIOGRAFÍA

FRANCE, Marie de, *Fábulas medievales.* 6.ª ed., Anaya, Madrid, 2001.

MIRANDE, Jacqueline, *Cuentos y leyendas de la Edad Media,* «Tus libros, cuentos y leyendas», Anaya, Madrid, 2002

RUBIO, Joaquín, *La narrativa medieval: los orígenes de la novela.* «Biblioteca Básica de Literatura», Anaya, Madrid, 1990.

VALDEÓN, Julio, *La Alta Edad Media.* Col. «Biblioteca Básica de Historia», 5.ª ed. Anaya, Madrid, 1998.VARIOS AUTORES, *Cuentos medievales españoles.* «Nueva Biblioteca Didáctica», Anaya, Madrid, 2001.

— *Cuentos de la Edad Media.* Odres Nuevos, Madrid, 1989.

— *Fabliaux: cuentos franceses medievales.* Cátedra, Madrid, 1994.